주말에 떠나는

국토종단
여행

주말에 떠나는
국토종단
여행

궁 금 했 던   세 상 을   걷 는   날

한상훈 글·사진

푸른영토

시작이 반이다

　백두대간 종주를 마치고 1년이라는 시간이 흘렀다. TV를 통해 대학생들의 국토대장정을 지켜보면서 '더 늦기 전에 출발하자'는 생각을 굳혔다. 매일같이 가벼운 마라톤으로 기초체력을 다지며 2011년 7월, 6개월간의 장기교육을 얻어 주저하지 않고 떠났다.

　해남~강진~영암~광주~순창~임실~진안~금산~옥천~보은~괴산~충주~원주~홍천~인제~고성통일 전망대까지

　국토 최남단에서 최북단까지 걸어보고 싶었다. 주말을 이용해야 하기 때문에 오로지 목적지까지 가야 한다는 생각으로 무작정 걸었다. 발목이 붓고 물집 잡히는 일이 다반사지만 애로는 따로 있다. 인생 내 맘대로 못산다는 말이 실감 난다. 애경사나 예정에 없던 일

정 때문에 계획에 차질도 생겼다. 그러다 어렵게 잡은 주말이면 떠나야 하는데 가족들이 눈에 밟힌다. 때로는 비를 만나거나 예기치 않은 통증으로 하루에 짧게는 12km, 길게는 50km 남짓을 걸어야 했다. 그러다 보니 알맹이 없이 껍데기만 보고 다니는 풋내기 초등학생 같은 경험이었던 것 같다. 지금 생각해보니 웃음이 나온다.

목포~광주~전주~대전~천안~수원~서울~임진각까지

국도는 우리 민족의 동맥이나 다름없는 곳이다. 사람들은 어떤 모습으로 살아갈까? 재래시장이나 시골의 5일장은 없어지거나 개점휴업 상태가 많았다. 간간히 눈에 띄는 텅 빈 장옥들이 재래시장이라는 명찰을 붙들고 있는 현실이 안타까웠다. 시골 인구가 줄고 대형마트가 생기면서 물먹은 스펀지처럼 지역 상권을 흡수하는 것은 아닐까? 다행스러운 것은 변화의 물결을 타고 꿈틀대는 도시들과 새롭게 들어선 세종특별자치시의 용트림을 보면서 발전하는 대한민국의 면모를 기대해본다.

부산~포항~영덕~울진~동해~강릉~속초~고성까지

국도 7호선을 따라 동해의 떠오르는 해와 푸른 바다가 함께하는 '해파랑길'과 '블루로드', '낭만가도'를 만나면서 아름다운 해안 길을 걷게 된다. 자연과 함께하는 힐링healing여행이다. 아름다운 해안 길을 걸으며 그동안 나와 수많은 인연들을 생각해 본다. 고마운 마음도 새기고 상처를 주었던 미움도 한 꺼풀 벗겨낼 수 있었다. 다만,

빠듯한 일정과 아름다운 선경仙境에 취해 항구를 터전 삼아 살아가는 사람들을 만나지 못한 것이 못내 아쉬움으로 남는다.

　세상에는 감사해야 할 일들이 많다. 여행길에 만난 5살 꼬마아이가 건네준 사탕 하나가 국토대장정의 그랜드슬램을 이끌어내는 원동력이 될 줄은 꿈에도 몰랐다. 여행하는 동안 힘들 때마다 미소 짓게 하던 그 아이의 얼굴이 지금도 아련히 떠오른다. 완주하기까지 주말을 함께하지 못한 가족들에게 미안하고 끝까지 믿어줘서 정말 고맙다. 무사완주를 기원해준 친구들, 그리고 직장 동료들의 아낌없는 성원에 고마운 마음과 감사한 마음을 함께 전하고 싶다. 아울러 길에서 만났던 모든 분들께 감사드리고 도보여행을 준비하는 분들에게는 부족하나마 길라잡이가 되었으면 좋겠다.

2016년 3월 어느날
영광에서 한상훈

PART 1

국토종단

해남 땅끝에서
통일전망대까지

시작이 반이다

아침 식사를 챙겨주는 아내의 따뜻한 배웅으로 필요한 물건들을 챙겨서 해남군 땅끝항으로 출발한다. 6개월간의 교육 기간을 이용해서 마음먹었던 국토종단을 실행에 옮기기로 했다. 영암터미널 인근 공터에 주차하고 해남 땅끝 마을까지 버스로 이동한다. 송지해수욕장 솔밭에는 생각보다 많은 인파가 붐비고 젊은 청춘들은 여름날의 추억 만들기에 여념이 없다.

해남군 땅끝에서

점심시간 무렵에 땅끝항에 도착했다. 해돋이 사진으로 유명한 맴 섬이 손에 잡힐 듯 선착장 옆으로 자매처럼 다정하게 자리하고 있다. 점심은 전복 칼국수의 시원하고 알싸한 맛으로 즐기고 전망대로 향한다. 바다가 시원스럽게 펼쳐지는 땅끝土末 탑에서 무사 종

맴섬, 해남 땅끝마을 선착장 옆에 있다. 섬과 섬 사이로 떠오르는 일출을 찍기 위해
1월과 10월에는 전국의 사진작가들이 모여드는 곳이다.

주를 기원하고 전망대 목책계단을 오른다. 가족여행객들과 연인,
친구들이 기념사진 남기기에 여념이 없다.

　주변을 둘러보고 대장정의 첫발을 내딛는다. 도로변 쉼터 전망
좋은 곳에서 바라보는 풍경은 한 폭의 수채화 같다. 서로 닿을 듯
말 듯 떠 있는 섬 들 사이로 바둑판처럼 이어지는 전복양식장이 어
촌의 풍요를 느끼게 한다. 땡볕 더위도 잠시 피할 겸해서 땅끝 해양
자연사 박물관도 구경하고 잠시 쉬어간다. 조망이 좋은 사구미 어
촌체험마을을 지나면 조각공원과 미술관이 기다린다. 해안 경관도
아름답지만 다정한 연인들의 모습에서 여유와 낭만을 느낄 수 있

땅끝전망대

는 곳이다.

차량통행이 많은 지방도를 따라가지만 완도대교와 상황봉이 바다 건너로 한눈에 들어오고 왼편으로는 도솔봉과 달마산이 여러 바위봉우리들을 앞세우고 서 있다. 무더위에 벌떡거리는 심장을 진정시키려고 도로변 가게에 들러 아이스크림 하나를 단숨에 들이킨다. 평상에서 채소를 다듬는 두 분 할머니께도 하나씩 나누어 드렸다.

"날도 더운디 어째서 고생을 사서 허고 댕기요?"

"조금 있으면 해 떨어 질틴디…."

어둡기 전에 차를 타고 가라고 당부하신다.

첫 번째 날의 첫 번째 밤

남창사거리에 가면 음식 잘하는 기사식당이 있다고 알려주신다. 어둠이 내려앉아 가로등 불빛이 하나둘 켜질 무렵 남창사거리에 도착했다. 완도로 이어지는 길목이라서 오가는 차량은 많은데 사람들은 별로 눈에 띄지 않는다. 할머니들께서 알려주신 식당이 바로 이곳인 것 같다. 뷔페식 기사식당인데 가격이 저렴한 셀프식이다.

이곳에서는 유일하게 하나밖에 없는 관광모텔에 투숙하려는데 빈방이 없으니 강진까지 나가야 한다는 것이다. 주인아주머니께서 내 모습이 딱해 보였는지 누군가와 통화를 하더니만 월세로 사는 화물차 운전기사의 방인데 오늘은 출타 중이니까 그 방을 이용하라는 것이다. 에어컨도 없는 골방이지만 빨래도 하고 씻을 수 있어서 다행이다. 겁 없는 출발이지만 '시작이 반이다'라는 그 말을 믿는다.

뜻밖의 상황에서는
웃음이 나온다

새벽 5시. 무더위를 피할 요량으로 새벽길을 나선다.

지방도를 따라서 왼편으로 도립공원 두륜산703m 자락이 구름 치마를 두른 듯이 서 있고 바다 건너로 고금도가 아침을 맞는다. 북일면 사거리 풍경은 전형적인 시골 면 단위 소재지 모습으로 오가는 사람도 없고 낯선 이방인을 견공들이 맞이해 준다. 아침 식사를 할 수 있는 식당이 없어서 죄 없는 이정표만 물끄러미 바라보다 발길을 옮긴다.

어린 꼬마에게 사탕을 얻다

북일초등학교를 지나 허름한 버스 승강장에서 휴식을 겸해서 준비해온 빵과 우유로 허기를 달랜다. 신진면 소재지에 도착해서 아침 식사를 위해 식당 몇 군데를 기웃거리는데 여기에서도 식당은 있는데 아침 식사를 해주는 곳이 없다. 근처 가게에서 간식을 챙기고 빈 병에 물을 채우는데 주인아주머니 눈초리가 심상치 않은 느낌이다. 가게 집에서 물을 사 갈 것이지 수돗물 퍼 가냐는 눈치다. 내가 염치가 없는 것인지 인심이 사나운 것인지 모르겠다.

도암면 소재지 우회도로를 따라 걷다가 시내 도로와 만나는 119 소방대 건물에서 쉬어간다. 길동무가 없어서 미련스럽게 따라오는 그림자를 벗 삼아 어느덧 산 중턱 전망대 풍경이 아름다운 석문공원에 도착한다. 가족 나들이를 나온 듯 쉼터가 꼬마들의 놀이터로 변했다. 새벽부터 고생한 발을 시원한 개울물에 담그기 위해 개울가에 앉았는데 귀여운 사내아이가 다가와 사탕 하나를 건넨다. 뜻밖의 상황에서는 웃음이 나온다.

어린아이에게 사탕을 얻어먹게 될 줄은 몰랐는데 살다 보니 이런 일도 생긴다. 배낭을 뒤져서 꼬마한테 뭐라도 하나 주려고 찾아보는데 줄 만한 것이 없다. 미안하기도 하고 민망하기도 해서 몇 살이냐고 물었더니 고사리 같은 손가락을 펴 보이며 5살이라고 한다. 얼굴 가득 미소를 머금고 있는 젊은 부부가 가정교육을 잘 시킨 모양이다. 꼬마와 작별인사를 나누고 출발하면서 복 된 가정 이루 길 바라는 마음으로 빌어본다.

아이들은 어른의 거울

언젠가 식당에서 보았던 버릇없는 녀석이 떠오른다. 식당에서 마구 뛰어다니며 떠드는데도 부모가 내버려 두는 것이다. 결국은

평동 교차로, 오른쪽 신학산의 청자모형 철쭉 동산이 이채롭다.

큰 화병을 넘어뜨려 깨지고 나서야 보다 못한 식당주인이 한마디 하니까 '아이 기죽이지 말고 변상해주면 될 것' 아니냐며 수표를 내던지며 떠들던 싸가지 없는 부모와는 아주 대조적이다.

　우리는 가끔 버릇없는 애들을 볼 수 있는데 이유가 있다. 일본의 부모들은 어느 장소에서든 남에게 폐를 끼치는 행동을 하지 말고 훈계한다. 미국의 부모들은 자녀에게 남에게 양보하라고 가르친다. 그에 반해서 한국의 부모들은 자녀에게 남에게 절대 지지 말라고 가르친다.

　내게도 부끄러운 과거가 있다. 하루는 아들이 밖에서 놀다가 얼어맞고 울고 들어오기에 화가 나서 바보같이 맞고 다니지 말고 짱돌을 집어서라도 찍어버리라고 했더니 며칠 뒤에 아들이 진짜로 사고를 치는 바람에 큰 곤욕을 치른 적이 있다. 부모는 자녀들의 거울이라고 했다. 자녀들 앞에서는 항상 언행을 조심해야 한다는 비싼 교훈을 얻은 사건이었다.

임천 저수지를 지나서 평동 교차로 위로 지나가는 녹색로 신성1교가 강진읍 시내 풍경을 답답하게 가리고 있다. 국도를 새로 개설하면서 불가피한 선택인지는 모르겠으나 답답한 심경만큼이나 아쉬움이 크게 느껴진다. 국도변 산비탈에 그려놓은 청자의 모습만으로도 이곳이 청자의 고장이라는 자부심을 표현하고 있는 것 같다.

강진에서 영암까지

남도답사 1번지

강진터미널을 출발해서 시내 직선도로를 따라 평동 교차로에 이르면 인근 신학산에 강진의 자랑 청자를 형상화한 철쭉동산이 시선을 끈다. 홍암마을 앞 국도변에 호수공원이 잘 조성되어 있다. 휴일이라서 운동하는 사람들이 있을 것 같은데 아무도 없고 하루 종일 하늘만 바라보고 있을 호수가 외롭게 보인다.

남도답사 1번지 강진

새롭게 단장한 강진의료원 신청사와 구청사가 인계인수라도 하는 듯 나란히 서 있다. '남도답사 1번지 강진'을 소개하는 국도변 홍보판에는 청자도요지와 청자박물관, 무위사 벽화박물관, 다산초당, 영랑생가를 소개하고 있다. 이곳에는 다산 정약용 선생의 유배 흔적이 오롯이 남아있는 다산초당에서 백련사로 넘어가는 차분한

영암 터미널 교차로, 소모는 초동과 월출산 천왕봉

오솔길에 자리한 정자 천일각에서 바라보는 구강포 앞바다는 아름
다운 강진의 한 페이지로 기억에 남아있다.

성전면 소재지 1km 지점에 강진화물 자동차 공용터미널이 조성
되었다. 약 4만 5천 평 규모로 국비와 지방비를 합해서 85억 예산
을 투입하여 화물운송사업 활성화는 물론 지역발전의 원동력이 될
것으로 기대된다는 안내문이 붙어있다.

성전다리 밑에서 젊은 아주머니가 무화과를 파는데 멀리서 걸어
오는 모습을 지켜보고 있었다며 잘 익은 무화과 하나를 건네주신
다. 인심만큼이나 꿀맛이다. 요즘 무화과가 제철이라서 가지고 나

온 만큼은 팔린다고 한다. 고맙다는 인사를 건네고 근처에 있는 성전5일장으로 접어든다.

성전 5일장

할머니 몇 분이 모여서 과일과 농산물, 어물전을 펴고 손님을 맞이하고 있다. 장날인데도 손님은 없고 할머니들끼리 채소를 다듬으면서 이런저런 일상을 얘기하며 시간을 보내는 모습이 재래시장의 현주소를 보는 것 같다. 가게 한 칸에는 할아버지들이 고스톱 화투판에 열중하고 있다. 내가 어린 시절에 보았던 북적이던 5일 장의 모습은 추억 저편에 걸려 있고 지금 눈앞에 비춰지는 모습이 현실이건만 왜 자꾸 미련이 남는지 모르겠다.

조금은 이른 점심 식사를 하는데 옆 테이블에 계시던 할아버지께서 궁금하셨는지 뭐하러 다니는 사람이냐고 물으신다. 강원도까지 걸어서 여행하는 중이라고 말씀드렸더니 조금은 생뚱맞다는 표정으로 운전할 줄 모르냐고 되물으신다. 일부러 주말을 이용해서 도보여행 중이라는 설명에도 별로 내키지 않으신 모양이다. 옛날에는 교통이 불편해서 하루에 100리^{40km} 정도는 보통 걸어서 다녔다고 하신다. 시간당 4km를 걸었을 때 10시간가량 소요되는 거리인데 요즘 젊은 세대들은 이해하기 어려운 먼 옛날이야기로 들릴 것이다.

멀리서 조금씩 다가오던 국립공원 월출산이 신풍삼거리에서 가장 시원스럽게 모습을 보여준다. 월출산 산행은 몇 차례 경험이 있다. 강진방면에서는 금릉 경포대에서 출발하여 천황봉809m을 경유하여 천황사까지 약 6km 구간을 5시간가량 산행했던 기억이 있고, 영암방면에서는 천황사에서 도갑사까지 약 9km 종주구간을 6시간가량 산행했던 기억이 난다. 일행 중에 고소공포증이 있던 여직원이 구름다리 중간에서 몸이 굳어버리는 바람에 눈을 가리고 부축해서 건넜던 추억이 생각난다.

강진군과 영암군의 경계인 풀치터널을 지나면 영암까지 약 6km 정도 남고, 노견이 여유가 있어서 차량통행은 많지만 위험부담은 적은 구간이다. 청풍원 휴게소를 지나면서 왼편으로 국립공원 월출산 천황봉809m과 기암괴석 봉우리들이 반기고 영암읍 시내가 시원스레 한눈에 들어온다. 시원하게 뚫린 낭주로를 따라 시내로 들어서면 시외버스터미널 근처의 회전교차로에 월출산을 배경으로 만든 조형물이 이목을 끈다. '소 모는 초동'의 피리 소리가 들릴 것 같은 옛 정서를 느끼게 해준다.

영암에서 영산포까지

흑백사진 속의 추억

영암읍사무소 근처 재래시장이 새롭게 단장된 모습이다. 주차장을 겸해서 노점상들의 편의를 위해 비 가림 시설까지 현대식으로 정비하여 깨끗한 인상을 준다. 햇볕을 즐기기에는 아직은 부담스러워 공설운동장 앞에 조성된 소공원에서 잠시 쉬어간다. 자연석 기념비에는 '풍요와 희망의 영암'이라는 제목으로 제31회 영암 군민의 날을 기념해서 조성한 공원이라고 새겨져 있다. 도로 건너편 공설운동장에서는 축구경기가 한창이고 응원하는 사람들의 시선도 축구공을 쫓느라 여념이 없다.

국도 13호선 따라잡기

국도 13호선을 따라잡기가 이어지는데 배꼽시계가 정오를 알린다. 신북면 도로공원식당 간판이 눈에 들어오고 넓게 터를 잡은 공

영산포

원 안쪽에 식당건물이 들어서 있다. 금강산도 식후경이라고 했던
가? 배도 부르고 뙤약볕도 피할 겸 공원 벤치에 자리를 잡고 신발
도 벗고, 양말도 벗고 마음까지 내려놓으니 가을을 재촉하는 매미
들의 합창이 교향곡으로 들려온다. 화단 가에 떨어진 십자가가 달
린 묵주가 눈에 띈다. 느낌에 버려진 물건은 아닌 것 같은데 어느
수녀님이 쉬어가다 흘린 것 같아 나무에 걸어두었다.

　신북농공단지 인근 군계휴게소를 경계로 영암군과 나주시가 '안
녕히 가십시오.', '어서 오십시오'라는 조형물을 세워서 가는 사람은
보내고 오는 사람을 맞이하고 있다. 문득 과거사가 떠오른다. 90년

영산포 풍물시장

대 초반에 대민 친절운동을 전개하면서 한복을 곱게 차려입은 인형이 민원실 입구에서 '어서 오십시오', '안녕히 가십시오'를 반복하며 인사하던 모습이 떠오른다. 나중에는 직원들이 직접 실천하는 친절운동으로 발전했지만 지금 생각해보면 웃음이 나온다.

영산포 풍물시장

예향로를 따라 영산강으로 흘러드는 만복천을 건너는 운곡교를 지나면 새롭게 정비된 영산포 풍물시장을 만난다. 시장을 한 바퀴 둘러보는데 과거의 명성이 무색하리만큼 옛날의 영화는 간곳없고 침묵만이 맴돈다. 국비지원을 받아 재래시장 활성화 차원에서 심혈을 기울여 새롭게 단장했건만, 옛 님은 간데없고 떠나간 님은 소식이 없으니 답답할 노릇이다.

시장입구에 자리 잡은 트럭 건빵장수와 이런저런 얘기를 나누는데 왕년에는 시장바닥에서 돌아다니던 강아지도 돈을 물고 다닐 정도로 호황을 누리던 시절이 있었다고 한다. 본인도 한때는 잘나가던 때가 있었는데 꼬임에 빠져 한밑천 잡으려다 재산을 탕진하고 이 모양 이 꼴로 살고 있다며 지난날들이 후회된다고 한다. 그때 한밑천 잡았더라면 오늘 당신을 만나지도 않았을 것이라며 너스레를 떤다.

시원스럽게 뚫린 4차로 끝자락에 영산포터미널이 보인다. 터미널 뒤편으로 국내 유일의 내륙등대로 알려진 이곳의 명물 '영산포등대'를 찾았다. 황포돛배를 타는 곳에 있어서 찾기는 쉬우나 일반적인 등대와는 조금 다른 느낌이다. 오래전에는 만선을 한 어선과 화물선들이 가득했을 포구가 관광객들을 위한 황포돛배 승선장으로 변했다. 홍어의 거리에서 흑백사진 속의 추억처럼 흥청거리는 영산포의 영화를 떠올려 본다.

더운디 고생허고 댕기요

맑고 화창한 날씨가 상쾌한 출발을 이끌어준다. 영산포터미널을 출발해서 나주대교 방면 모퉁이를 돌아서는데 축협 건물 앞 돼지 조각상이 웃음을 자아낸다.

나주대교를 건너면서 오른편 시내 쪽으로 스포츠파크가 잘 조성되어 있고 왼편으로 홍어의 거리 이정표가 눈에 띈다. 왕년에 영산포구 홍어파시 때 넘실대던 돈과 노랫가락은 어디로 갔을까? 한때의 영화도 꿈인 양 지나가고 오늘은 영산강을 살리겠다고 강변 양쪽에서 중장비들이 아우성이다.

천년고도 목사 고을에서

나주역이 내려다보이는 시청 앞 국도변에 고려 태조 왕건에 대한 설화를 주제로 공원을 조성했다. 왕건의 둘째 부인이 되어 후일

고려 태조 왕건 설화 조형물, 완사천이 보존되어 물 맛을 볼 수 있다.

장화왕후가 된 오 씨 유적비가 있고 오 씨 처녀가 왕건에게 물을 떠주는 장면을 조형물로 표현하여 완사천浣紗泉의 의미를 되살리고 관리도 잘되고 있다. 믿거나 말거나 안내문에는 샘물을 떠 마시면 사랑이 이루어진다고 하는데 별로 믿음이 가지 않는다.

천년고도 목사 고을에서 나주 목사 관사와 중앙관리들이 출장길에 묵었다는 금성관 구경을 하고 조금은 이른 점심시간이지만 유명한 나주곰탕 맛을 즐기기 위해 인근에 있는 유명한 나주곰탕 집을 찾았다. 이미 방송에서 여러 번 소개된 이름난 식당 '하얀집'에는 벌써부터 관광객들로 문전성시를 이루고 줄을 서서 기다려야 할 정도다. 김치와 깍두기 맛도 일품이지만, 4대째 100년 전통을 이어온 손맛과 정성을 담아낸다.

나주 승천보를 따라

국도 13호선을 따라 걷는 길. 화창한 날씨에 바람까지 산들산들 불어주는 초가을 날씨에 들판의 곡식도 풍성하게 익어간다. 도로 변에는 추석을 맞아 나주배가 많이 나와 있다. 노안면 용산마을 앞에서 이정표를 따라 우회전하면 4대강 사업으로 완성한 승촌보를 구경하고 간다. 국도에서 전망대까지 약 1km 정도 거리이고 주말을 맞아서 가족 단위 소풍객이 많이 몰리는 곳이다. 자연과 함께하며 편안함을 느낄 수 있는 공간으로 자전거를 좋아하시는 분들은 광주 첨단지구에서부터 이곳 나주 근처까지 자전거를 타고 운동하러 오기도 하는 곳으로 나름 각광을 받고 있다.

나주시와 광주광역시 광산구가 경계를 이루는 용봉마을 입구에서 정오의 뜨거운 햇살을 피하기 위해 광산구 복룡동 국도변에 '큰대문집'이라는 고풍스러운 식당으로 들어선다. 정원 구경도 하고 쉬어갈 요량으로 들렀는데 아르바이트생으로 보이는 아가씨가 얼음을 띄운 수정과를 건네준다. 주인장의 배려인지 아니면 아르바이트생의 선심인지 모르지만 세상이 긍정적으로 보이기 시작하는 것 같다. 세상이 험하다고 하지만 아직도 우리네 인심은 남아있다는 것 같다. 송정리 인근 국도변에 자리하고 있어서 나중에 가족과 함께 꼭 한번 다녀가고 싶은 곳이다.

나주 승천보

    광주공항 근처 송정1동 길모퉁이 바람통에서 고구마 순을 다듬는 할머니 두 분을 만났다.

"더운디 고생허고 댕기요"

"이러고 댕기면 애기어매는 암말도 안허요?"

내가 할 일 없이 돌아다니 것처럼 보인 모양이다.

    길 건너 송정초등학교 앞을 지나 흑석사거리를 통과한다. 하남산업단지 방면 우측으로 형성된 운남지구가 많은 변화와 발전을 거듭해 가는 것 같다. 산업단지도로의 통행량도 훨씬 많아졌고 인접한 신창지구도 수도권의 신도시 마냥 날로 변모해가고 있다. 호남고속도로 광산IC 분기점에서 지하차도를 통과하여 첨단 지구로 들어선다. 인근 양산동 우리 집에서 가까운 곳이다. 담양으로 가는 직선 대로를 따라 광주과학기술원에 도착했다.

광주에서 순창까지

전통을 이어오는
마을간 친선경기

첨단과학기술원 앞에서 담양방면으로 시원스럽게 뚫린 6차로를
따라 출발한다. 끝자락에서 새로 생긴 담양~남원방면 국도를 따라
가다 100원짜리 동전 한 닢을 주었다. '광주테크노파크 광산업단지'
가 조성 중이고 종옥교차로에서 왼편으로 장성 불태산과 담양 병
풍산이 나란히 이어진다. 앞쪽에 삼인산이 비슷한 높이로 우뚝 서
있고 월본 마을 앞 소나무 보호수 10여 그루가 고향의 옛 정취를 느
끼게 한다.

리대항 축구대회

담양군 수북면 수북중학교에서는 축구경기가 한창 진행 중이다.
추석 명절을 맞이하여 49년 전통을 이어오는 마을간 친선경기라고
한다. 어릴 때 보았던 면단위 리대항 축구대회가 연상되는 광경이

다. 어렸을 때 추억을 더듬어보면 동네 이장을 중심으로 회의를 통해 마을유지께서 얼마의 돈을 희사하고 집집마다 형편에 따라 얼마씩의 돈이나 쌀을 거출하여 마을 사람들이 리대항 축구대회에 출전한 선수들을 응원하러 다녔던 추억이 있다.

축구대회가 준결승전에 갈 무렵이면 어김없이 1차 싸움판으로 변하고 결승전이 끝날 무렵이면 지고 있는 팀이 이런저런 시비를 걸어 싸움판이 되기 일쑤였지만, 그래도 연례행사로 전통이 이어지던 행사였는데 지금은 시골 학교도 폐쇄되어 다른 용도로 쓰이고 추억 속으로 사라진 전통인데 이곳에서는 아름다운 전통으로 이어가고 있다니 존경스러울 따름이다. 점심때가 이른 시간이지만 인심 좋은 황구 보양탕 집에서 점심도 해결하고 얼음물도 한 병 얼어서 출발한다.

메타세쿼이아 가로수 길을 따라

메타세쿼이아 가로수 길을 따라 걷다가 양각주유소 사거리부터는 담양천변을 따라 걷는다. 뙤약볕을 피해갈 요량으로 천변 평상에서 시원한 얼음물에 미숫가루도 타 마시고 매미들의 합창을 들으며 잠이 들었다. 문뜩 잠에서 깨어보니 오후 3시가 훌쩍 넘었다. 발길을 재촉하다 이정표를 보니 양각샛터 길이다. 담양천 양쪽으로 관방림官防林이 아름답게 조성되어 편안한 휴식처를 제공하는데 국수도 한 그릇 먹고 쉬어가면 좋으련만 지체할 시간이 없다.

담양읍을 가로질러 담양의 자랑이자 우리나라의 아름다운 길

담양 관방천, 주변에 조성된 관방제림 숲(천연기념물 제 366호)
조선 인조(1648년) 때 홍수피해를 막기 위해 조성한 인공 비보 숲이라고 한다.

100선에 선정된 메타세쿼이아 가로수 길로 접어든다. 도로변에 고려 시대의 것으로 추정된다는 석당간보물 505호이 위용을 자랑하고 서 있다. 가로수 길에는 생각보다 많은 인파가 붐비는데 대부분 가족들과 연인들의 데이트 코스로 알려진 후로 맛집들이 생겨나 먹는 즐거움을 더한다. 왼편으로 보이는 추월산이 갯벌에 사는 짱뚱어처럼 보인다.

금성면 소재지를 지나서 국도 24호선을 따라 전북 순창으로 향한다. 이제는 추월산이 엎드린 맹수처럼 보이고 금성산 산성이 눈에 잡힌다. 전남 담양군과 전북 순창군이 경계를 이루는 고개 정상에 영월에서는 달맞이 공원을 조성하고 맞은편 순창군 금과면에서는 금과동산을 조성하여 서로 경쟁하듯 대조를 이룬다.

　허들 장애물을 뛰어넘으며 노익장을 자랑하는 재미난 광고탑이 멀리서부터 눈에 들어온다. 장수와 장류의 고장 순창 방문을 환영한다는 광고판과 전통고추장 민속마을, 강천산 군립공원 안내 표지판들도 눈에 띈다. 순창장류박물관 앞을 지나면서 구경을 하고 싶은데 늦은 시간이라서 입장 할 수 없다고 한다. 옆에 있는 전북대학교 식품 생명 공학과 순창분원 뒤편으로 순창의 자랑 고추장 단지 한옥마을이 민속촌처럼 느껴지는데 구경을 할 수 없어서 못내 아쉽다. 오늘은 낮잠을 즐기려다 어둠이 짙게 깔린 후에야 목적지 순창읍에 도착할 수 있었다.

화려하고 예쁜
조화를 파는 이유

새벽녘에 모텔 문을 나선다. 인계면 소재지 도사마을 앞 승강장에서 눈부신 햇살을 벗 삼아 김밥으로 아침을 대신한다. 순창~임실간 27번국도 확장 공사가 한창 진행 중이고 행정구역 경계를 이루는 고개 정상에 '열매의 고장 임실'이라는 고추가 그려진 대형 광고판이 버티고 서 있다. 아직 개통전이라서 통행이 없는 고개정상 터널에서 대한민국에서 가장 편한 자세로 시원스레 바람을 맞으며 쉬어간다. 도로공사 현장인부들이 쉬는 장소인 것 같다.

섬진강 옥정호

점심시간 무렵에 강진면 소재지에 도착해서 버스터미널 정면에 있는 다슬기탕 원조집에서 이해심 많은 주인아주머니 덕에 머리도 감고 땀수건과 장갑도 빨고 맛있는 점심도 해결할 수 있어서 좋았

순창 경천, 순창읍을 가로질러 섬진강으로 흘러간다.
봄이면 개나리와 벚꽃이 어우러지게 핀다.

다. 공용버스터미널이 제법 규모가 있고 사람들도 많이 이용하는
것 같다. 산세가 좋아서 인지 물이 많고 면소재지도 섬진강 지류 갈
담천을 가로지른 강동교를 건너서 운집해 있다.

섬진강은 인근 옥정호에서 이어지는데 옥정호는 전북 임실군 강
진면과 정읍시 산내면에 걸쳐 만들어진 인공호수로 운암대교를 지
나 국사봉 전망대에 올라가서 옥정호를 내려다보면 하늘을 내려다
놓은 것처럼 아름다운 호수안의 붕어섬은 참 신기하고 아름답다.
이른 새벽 신비스러운 물안개가 가득 피어날 때 국사봉의 정상에
서 내려다보는 붕어섬의 모습은 선경이라고 해도 손색이 없을 만

임실 호국원

큼 아름다워 수많은 전국의 사진사들을 불러 모으는 곳이다.

　부흥리 이목마을 앞 도로변에 고풍스런 정자에서 낮잠을 즐기는
마을 주민들 틈에 살짝 끼어든다. 지나가는 차 소리에 잠을 깨어보
니 주위에 아무도 없고 혼자다. 마을 주민들이 어떤 놈인가? 싶었
을 텐데 아무도 없어서 다행이다. 서둘러서 배낭을 챙겨 길을 재촉
해 보지만 아직도 햇살이 따갑게 느껴진다.

국립묘지 앞에서
　국립 임실 호국원 앞을 지난다. 현충문과 현충탑이 웅장하게 지

키고 있고 국립박물관 같은 형태의 웅장한 건물들이 나란히 서 있다. 야외에는 전투기와 미사일, 탱크 같은 무기들이 전시되어 호국정신을 일깨우고 왼편에는 묘역이 질서 있게 정비되어 있다. 그동안 임실에 국립묘지가 있다는 사실을 모르고 있었는데 이번 여행을 통해 알게 되었고 근처 도로변에서 화려하고 예쁜 조화를 파는 이유도 알 수 있었다.

주변 산세와 어우러져 건물들이 옹기종기 모여 있는 청웅면 소재지에 들어서는데 멀리 애드벌룬 2개가 떠 있다. 청웅초등학교 교문에 면민 한마당 잔치를 알리는 현수막이 걸려있다. 학교 놀이터 옆에 다보탑과 석가탑 모형이 이채롭다.

해 질 무렵 임실 공설운동장에는 산책하는 사람들과 운동하는 학생들 모습도 보인다. 새로 건설한 우회도로를 사이에 두고 위쪽으로 공설운동장과 장애인 연합 복지회관이 있고 아래쪽에 읍 소재지 시내가 펼쳐진다. 임실시장이 의외로 규모가 크고 많은 사람들이 모여드는 것 같다. 임실천을 끼고 산중에 작은 도시가 형성된 느낌이다. 찜질방을 수소문해봤지만 없어서 모텔 숙소를 정하고 몸도 풀고 빨래도 하려고 인근 목욕탕으로 스며든다.

신선과
선녀들이 노닐던 곳

알람 소리에 일어나 말려놓은 빨래를 챙겨서 모텔을 나선다. 어제 저녁 식사를 했던 24시 김밥집만 불을 밝히고 있다. 근처에서는 유일하게 아침 식사를 할 수 있는 곳이다. 스포츠신문 오늘의 운세가 눈에 들어온다. '60년생 - 새로운 변화 모색해 기분 전환하고 심기일전하라. 방심하지 말고 주어진 현실에 전념하라'고 한다. 몇 년 전에 백두대간 종주할 때에도 24시 김밥집이 있어서 아침 시간에 굶지 않고 산행을 하는 데 도움이 되었는데 국토종단 과정에도 실질적으로 많은 도움이 되는 것이 사실이다.

선녀들이 노닐던 관촌 사선대

진안방면으로 임실역과 관촌역을 지나 경관이 아름다운 사선문四仙門과 사선대四仙臺 주변을 둘러본다. 관촌 사선대는 물이 맑고 경

임실 최고의 경관 사선대, 오원천이 흐르는 사선대는 주변 경치가 아름다워 신선과 선녀가 함께 내려와 놀고 갔다하여 사선대라 하였다.

치가 너무 아름다워 하늘에서 신선과 선녀들이 내려와 놀았다는 전설이 깃든 곳으로 임실군에서 손꼽히는 관광명소이다. 사선대는 시원하게 흐르는 섬진강 상류 오원천과 기암절벽이 병풍처럼 둘러싸여 있어 자연환경이 빼어난 지역으로 호수에 비친 오색찬란한 단풍이 길 가는 이의 발걸음을 멈추게 한다.

  뛰어난 조각가들의 수준 높은 조각품들이 전시되어 있는 사선대 조각공원에서 작품 감상을, 가족끼리 혹은 직장 동료와 함께 찾아와 맑은 공기와 수려한 경치를 배경으로 가벼운 놀이를 즐기면서 휴식을 취하기에도 좋은 곳이다. 고풍스러운 정자 곁으로 최 씨 형제의 공덕비가 눈에 띄는데 아버지와 두 아들의 선행과 공덕을 기리는 내용으로 후손들에게 많은 가르침을 주고 있다.

고개 정상 갈림길에서 진안방면을 확인하고 출발한다. 충혼탑이 아담하게 잘 조성된 성수면 소재지에서 공사장 인부들로 보이는 사람들이 모여드는 식당에서 점심식사를 하는데 보편적인 시골 식당 메뉴지만 번영식당 주인아주머니의 손맛이 고향 집 엄마의 손맛 그대로다. 손님들이 모여드는 식당은 도시에서나 시골에서나 이유가 분명히 있다.

꼬불꼬불 고개 너머로 말이 귀를 쫑긋 세운 듯 마이산이 보인다. 마령면 소재지를 지나면서 SK주유소에서 물 동냥을 하는데 후덕하게 생긴 주인아주머니가 냉장고에서 얼음물 한 병을 선뜻 내주신다. 마을 분위기가 아늑하게 느껴지는 원동천 마을에서 쉬어간다. 마을 안으로 개울물이 흐르고 빨래터가 있어서 발도 씻고 차분하게 쉬어갈 수 있는 평화로운 마을이다.

귀를 쫑긋 마이산

은천마을 앞 도로변에서 재미있는 돌 거북을 만났다. 마을의 수호신으로 기미년1919년 이후 마을이 모두 소실되는 화재를 겪고 수신水神인 돌 거북을 세웠는데 1988년경 도난을 당하고 2005년 은천마을 숲이 생명의 숲 복원 사업지로 선정되면서 과거 전통을 되살리고자 돌 거북을 복원하였다고 한다.

임실에서 진안까지의 지리적 특징은 도로를 따라 고개를 넘으면

진안 마이산, 1979년 도립공원으로 지정 되었고 2003년 대한민국 명승 제 11호로 지정되었다. 신라시대에는 서다산, 고려시대에는 용출산, 조선초기에는 속금산, 태종 때부터 마이산으로 불리어 왔다.

면단위 소재지가 나오고 지금 도착하는 진안읍도 역시 고개를 넘어 마이산 자락을 돌아서면 시가지로 들어설 수 있다. 버스 승강장에서 잠시 쉬어 가는데 독서를 할 수 있도록 책 몇 권이 비치되어 있었다. 누구의 아이디어인지 모르지만 긍정적 사고를 지닌 사람일 것이라는 생각이 든다.

　진안터미널 근처에 도착해서 목욕탕과 여관을 함께하는 진안장 여관에 숙소를 정하고 3일간의 여정을 정리해 본다. 내일은 아내를 초청해서 마이산 등산을 할 생각이다. 전국의 많은 산들을 둘러보았지만 이곳 마이산과는 그동안 인연을 맺지 못했던 것 같다. 택시

기사님께 산행정보를 알아보았다. 지역 정보를 가장 잘 알고 있는 분들이기 때문에 낯선 곳에서는 가끔씩 활용하는 방법이다.

진안읍에 있는 마이산678m은 진안고원에 있는 2개의 암봉으로 산의 모양이 말의 귀와 같다 하여 마이산이라 부르게 되었다. 동봉을 수마이봉667m, 서봉을 암마이봉673m이라고도 하며 이 두 봉은 약 20m 간격을 두고 있다. 마이산의 남쪽 사면에 탑사가 있다. 마이산 탑사는 이갑용 처사가 쌓은 80여 개의 돌탑으로 유명하다. 돌탑들의 형태는 일자형과 원뿔형이 대부분이고 크기는 다양하다.

대웅전 뒤의 천지탑 한 쌍이 가장 큰데, 어른 키의 약 3배 정도 높이이다. 어떻게 이런 높은 탑을 쌓아 올렸는지는 아직도 정확히 밝혀지지 않아 사람들의 궁금증을 불러일으키고 있다. 이 돌탑들은 1800년대 후반 이갑용 처사가 혼자 쌓은 것으로 알려져 있다. 이갑용 처사는 낮에 돌을 모으고 밤에 탑을 쌓았다고 한다. 이 탑들은 이제 100년이 넘었는데, 아직도 아무리 거센 강풍이 불어도 절대 무너지지 않는다고 하니, 그저 신기할 뿐이다.

혼자만의 여행이 아닌 아내와 함께할 수 있어서 더욱 보람찬 하루였다. 좋은 곳을 보거나 맛있는 음식을 먹을 때면 아내 생각나고 가족이 떠오르는 것은 인지상정人之常情인가 보다.

용처럼 굽이치는 물줄기 용담호

어제 밤늦은 시간에 도착해서 진안시외버스터미널 인근 우체국 옆 공터 주차장에서 비박하고 새벽녘에 해장국 집으로 스며든다. 차량에서 비박하고 아침을 굶지 않는 것도 천만다행이다. 새벽부터 산에 가냐고 주인아주머니가 묻는다. 걸어 다니면서 여행하는 중이라고 했더니 가끔씩 그런 사람들이 들려간다고 한다.

1시간 남짓 걸었을까? 용담호에서 피어오른 물안개가 산허리를 감싸고 호수 주변에 물든 단풍 사이로 드문드문 보이는 펜션들이 아름답고 조화롭게 어울린다. 월포대교를 건너면서 콧노래가 저절로 나온다.

월포대교를 지나 망향의 광장으로

월포대교1,050m를 건너 '상전 망향의 광장'에서 쉬어간다. 이곳 용

용담댐 조형탑

담댐 건설로 조상 대대로 살아오던 삶의 터전을 물속에 잠겨두고 고향을 떠나는 아픔을 달래며 망향의 한을 되새기고 고향의 발전을 기원하는 면민들의 간절한 뜻을 모아 망향의 광장을 조성했다고 한다. 망향정과 기념비들이 광장을 지키고 있다.

안천면 소재지를 지나는데 다른 지역의 면소재지와는 사뭇 다른 느낌이다. 우선 눈에 띄는 것이 스포츠파크라는 이름의 공설운동장과 다목적 실내경기장이며 지역특산품을 판매할 수 있도록 시설된 길거리 장터와 산뜻하게 단장한 버스정류장이며 새롭게 조성된 전원 마을이 용담댐이 건설되면서 이주민들과 행정기관이 이주해

온 곳이라고 한다.

점심시간이 훌쩍 넘은 시간에 용담 다목적댐에 도착해서 쉬어간다. 아침에 사 온 김밥으로 점심을 대신하는데 일부러 소풍 나온 기분이다.

커다란 현황판에 금강 홍수피해를 줄이고 전주권과 새만금 용수 공급 목적으로 다목적댐을 완공하는데 1990년부터 2001년까지 12년이 걸렸다고 한다. 경치가 무척 아름답고 용처럼 굽이치는 물줄기의 용담호라는 이름으로 국토해양부 선정한 아름다운 하천 100선에 선정되었다는 진안군에서 세운 표지석이 나란히 서 있다.

용담면 소재지 용담중학교 삼거리에 도착해서 왼쪽 다리에 밀려오는 통증을 달래보려고 응급조치를 했지만 소용이 없다. 목적지 금산까지는 17km가량 남았는데 더 이상 진행할 수 없어서 다음 기회에 이어가기로 하고 진안으로 되돌아 왔다. 되돌아오는 버스는 내가 걸어온 길이 아닌 용담호 반대편 노선을 따라가는 덕분에 호수 이쪽저쪽을 모두 구경할 수 있는 행운을 누렸다.

백구가 비웃는 느낌

호남고속도로를 이용해서 금산에 도착하자마자 손님이 많아 보이는 소머리국밥 집으로 찾아 들어간다. 이른 아침 시간인데도 빈자리가 없을 정도로 손님이 많은 맛집인 모양이다. 술을 벗 삼아 밤을 지샌 듯 대학생 청춘들이 혀가 꼬여서 잘 알아듣지 못할 언어로 떠들어 댄다.

집 지키는 거위

아침 한나절이 훨씬 지난 시간에 용담에 도착해서 금산방면으로 출발하는데 멋지게 차려입은 사이클 동호회원들 한 무리가 지나간다. 도로변 주택에서 큼직한 거위 한 쌍이 지나가는 나그네를 지켜보고 있다.

어린 시절 추억이 떠오른다. 집에 도둑이 들었는데 집에서 기르던 거위가 도둑을 몰아낸 적이 있다. 왠지 반가운 느낌에 가까이 다가서는데 내가 도둑인 양 덤벼들어 혼쭐나게 도망치다 넘어질 뻔했다. 이 광경을 지켜보던 진돗개로 보이는 백구가 짖지도 않고 비웃는 느낌이다.

진안군과 금산군의 경계를 이루는 고갯길을 넘어서 돌모랭이 마을 앞을 지나는데 주변이 온통 검정색 차광막을 둘러친 인삼밭이고 곧게 뻗은 도로 양쪽으로 길게 늘어선 벚나무가 터널을 이루고 있어 멋진 봄날의 향연이 기대된다.

연못 속의 하늘에서 차 한잔

충혼탑과 효자비가 마주 보고 있는 남일면 음대리를 지나면서 도로변 정자에서 잠시 쉬어가려는데 옆에 있는 남일 우체국장이라는 분이 시간이 괜찮으면 차를 한잔 마시고 가라고 권하신다. 손수 지었다는 우체국 뒤편에 있는 '지소유천당'이라는 황토방으로 안내를 해주신다. '작은 연못이지만 하늘이 있다'는 뜻으로 당호를 지었고 가끔씩 지인들을 초대해서 즐거움을 나누면서 지낸다고 한다. 작지만 아담하게 꾸며진 정원과 넉넉해 보이는 주인장의 인품이 어우러져 편안한 느낌을 준다. 작설차 한잔에 금산의 과거사부터 이런저런 이야기를 담아주신다. 자신의 시를 수록한 '대전사랑 문고사랑'이라는 책도 한 권 선물로 주셨다.

어느새 1시간이 훌쩍 지나버렸다. 성곡리 입구에서 최초로 인삼을 재배하기 시작했다는 '개삼터 공원' 안내표지를 따라 마을로 접어

개삼터 공원 조형물

들었다. 주변에 저온창고와 인삼가공센터를 비롯해서 산지유통센터가 있고 개삼마을 안쪽에 조성된 공원을 들러보는데 조성 된 지 얼마 되지 않아서인지 구경꾼이 없어서 왠지 쓸쓸한 느낌이 든다.

고갯마루에 서 있는 개삼마을 표지석을 뒤로하고 금산읍에 들어선다. 다른 지역에서도 흔히 볼 수 있듯이 이곳 터미널 앞에도 여러 대의 택시들이 손님을 기다리는 모습이다. 그렇지만 도로 중앙에 자전거와 오토바이를 보관할 수 있도록 주차장과 쉼터를 만들어서 교통약자를 배려한 흔적이 다른 지역과 비교되는 인상적인 풍경이다.

금산에서 옥천까지
도리뱅뱅이

아침 날씨가 퍽이나 쌀쌀하다. 대전과 옥천방면 고개 정상에 도로를 따라 다락원이 널따랗게 터를 잡고 만남의 집, 청소년의 집, 장애인의 집, 노인의 집, 여성의 집, 농민의 집들이 자리하고 향토관 광장에는 커다란 인삼 조형물이 이곳이 인삼의 고장임을 알리고 있다.

금산 인삼시장

인삼으로 유명한 동네답게 읍내에 있는 5일장과는 달리 금산 인삼만을 취급하는 시장이 따로 있다. 금산 인삼시장은 금산을 대표하는 관광코스로 꼭 가봐야 할 여행지 중의 하나로 규모도 크고 시설이나 도로정비가 잘되어 있어서 주말에는 관광객들이 넘쳐나는 곳이다.

금산 인삼 조형물

추부면 소재지 마전리를 지나면서 이곳저곳에 나부끼는 추어탕 광고깃발이 인상적이다. 금산군에서 음식특화거리로 지정해서 추부추어탕 마을 현수막이 가로등마다 걸려있다. 쌍둥이네 가마솥 추어탕 집에서 쉬어갈 겸 새참으로 추어탕을 맛있게 즐기고 출발한다. 쌀쌀한 날씨에 걸맞게 제철음식으로 맛이 일품이다.

요광교차로에서 옥천방면 이정표를 따라 길을 잘 찾아가야 한다. 대전~통영 간 고속도로가 생기면서 갈림길이 새로 생겨서 헷갈리기 쉽다. 국도를 따라 주변에 공장규모의 건물들이 즐비하게 들어서 있어서 면 단위 풍경치고는 우리 영광지역과는 사뭇 다른 풍경이다.

옥천 이정표를 따라

신평리를 지나면서 국도 37호선을 따라 하우스 단지가 길게 이어진다. 신탑마을 추부포도가 맛도 최고! 당도 최고! 라고 자랑하는 가판대에 먼지가 쌓여있어 눈에 밟힌다. 어제 밤잠을 설쳐서인지 걷고 있는데도 자꾸 졸음이 밀려온다. 노견이 거의 없는 좁은 국도에서 자칫 사고라도 나면 큰일이라는 생각에 좋아하는 십팔번을 한 곡씩 끄집어내어 불러본다.

인삼 조형물과 석장승의 환송을 받으며 충남 금산군 추부면과 충북 옥천군 군서면의 경계를 잇는 도계교를 건너 성왕로를 따라 간다. 맑은 계곡 물이 흐르는 전형적인 산골이미지 그대로다. 군서 면 소재지 앞으로 새로운 국도가 건설되면서 그나마 많지 않은 농경지는 잠식되고 남은 농경지는 시설하우스 재배단지로 활용하고 있다.

옥천읍 입구에서 '조국의 번영은 청년의 책임'이라는 청년회의소에서 세운 표지석이 눈에 띈다. 젊은 날 청년회 활동을 열심히 하던 때가 있었는데 익숙했던 표어라서 낯설지가 않다. 옥천에서 금산까지 직접 가는 차가 없어서 대전으로 돌아가야 한단다. 대전터미널에 도착해서 2001년도 제5회 민원봉사대상 수상 동기인 대전 중구청에 근무하는 심완섭 아우를 만나서 차나 한잔 나눌 생각으로 전화를 했더니 부부가 함께 반겨주었다.

저녁 식사를 대접하겠다며 옥천에서 어죽으로 유명한 맛집을 찾아 나섰다. 완섭 아우네 가족과는 좋은 인연을 맺어온 터라 가끔 만나지만 여행길에 만나서 정담을 나누다 보니 감회가 새롭다. 식사 전에 맛본 '도리뱅뱅이'는 송사리구이 같은데 질서 정연하게 구워진 모습이 인상적이고 처음 맛보는 음식이다. 식사를 마치고 아우 부부가 금산까지 바래다준 덕분에 되돌아오는 수고를 덜 수 있었다. 여행이 끝나면 고마운 마음을 꼭 전하고 싶다.

옥천에서 보은까지

재수좋은 날

긴 겨울을 넘기고 5개월 만에 여행길에 오른다. 새벽길을 달려 옥천터미널에 도착해서 아침 식사 후 7시가 조금 지난 시간에 국도 37호선을 따라 보은으로 출발한다. 옥천은 주변 산들이 에워싸고 있어서 계곡과 하천이 많고 물이 깨끗해서 내가 태어나고 자란 영 광 지역과는 대조적인 풍경이다. 넓은 들녘과 리아스식 해안이 발 달된 바다를 끼고 있는 서해안 지역과는 많이 다른 풍경이다.

문학의 향기를 만나는 곳

출발한 지 3시간 만에 대청호 상류 줄기인 장계 국민 관광지에서 수려한 경관을 구경삼아 쉬어간다. 장계 관광지는 대청호의 웅장 하면서도 온화한 멋을 눈앞에 두며 문학의 향기를 다채롭게 만날 수 있는 여행지라는 생각이 든다. 정지용 시인의 '향수-꿈엔들 잊힐

리야' 한 구절의 문구가 발길을 멈추게 하는 곳이다.

장계교 주변에 즐비한 식당가는 아직 손님을 맞을 채비가 안 된 것 같다. 국도를 따라 강변에 늘어선 벚나무는 이제 막 꽃망울을 터뜨리려고 머뭇거린다. 강변을 따라 낙석방지용 철망 사이로 샛노란 개나리꽃이 만개하고 사이사이로 고개를 내민 참꽃 진달래는 새색시 마냥 수줍게 웃고 있다.

안내면 삼거리 교차로 파출소 앞에 쉬어갈 수 있는 정자가 있다. 주변에 오래된 은행나무 가로수가 인상적이고 국도와 지방도가 교차하는 삼거리라서 그런지 통행량도 많다. 인상 좋게 생긴 파출소 장님께서 커피도 한잔 권해주시며 서로 인사를 나누는데 나와 동갑내기라며 반갑게 맞이해준다.

동대리 마을 앞을 지나면서 도로변 주택에 주인장의 손길이 예사롭지 않은 작은 정원에서 감나무 연리지가 발길을 멈추게 한다. 연인마냥 손을 맞잡고 있는 모습이 신비롭게 느껴지고 주변의 나무를 정성스럽게 가꾼 주인장의 노하우를 엿볼 수 있는 예쁜 정원이다. 요즘엔 시골에서도 예쁜 집을 짓고 정원도 예쁘게 가꾸는 풍경을 가끔씩 볼 수 있는데 과거보다는 조금은 여유 있는 모습인 것 같다.

충북 옥천군과 보은군의 경계인 문티재 정상에 있는 동진휴게소에서 쉬어간다. 식당 간판은 붙어 있지만 휴업 중이고 휴게소에서 라면으로 점심을 대신할 수 있었다. 이번 여행길에 라면을 처음 맛보는데 역시 기대를 저버리지 않는다. 한 무리의 사이클 동호회원

연리지 감나무와 예쁘게 단장한 정원

들이 시끌벅적 떠들어 댄다. 50km마다 한 번씩 쉬어간다고 너스레를 떠는데 나는 12시간을 걸어야 갈 수 있는 거리다.

아침에 백 원 점심에 오천 원

수한초등학교 인근을 지나는데 자전거를 끌고 가는 어린 학생이 도로변을 따라 뭔가를 열심히 찾는 것 같다. 앞질러 가는데 5천 원권 율곡 선생께서 나를 반긴다. 문득 아까 그 학생이 찾고 있는 것이 아닌가 싶어서 불렀더니 금세 달려온다. 할머니 심부름을 가다가 잃어버려서 찾는 중인데 다행이라며 몇 번이고 고맙다는 인사를 한다.

아침에 100원 동전도 주웠는데 오늘은 재수가 좋은 날인가보다.

보은읍 입구에 서 있는 이정표가 날개를 너무 많이 달고 있어서 몹시 힘들게 서 있다. 직진하면 군청을 비롯해서 각급 기관단체가 있고 우회전하면 터미널 등 양쪽으로 20여 개의 날개를 달고 있다. 시내 중심도로변에 어린 시절에 보았던 낡은 함석지붕의 정미소가 앙상하게 남아있어서 도시미관을 헤치고 있다.

기암의 명산인 속리산과 화양, 선유, 쌍곡 등 3개의 계곡을 합쳐 국립공원을 이루고 사방이 산으로 에워싸고 있는 산중에 거현천과 보청천이 합곡을 이루는 곳에 도시가 형성된 전형적인 산촌형 도시 이라는 느낌이 드는 곳이다. 터미널 주변에 깨끗하게 정비된 전통 시장이 인상적이고 길손을 대하는 친절한 이미지가 오래도록 기억 에 남을 것 같다. 산 좋고 물 좋은 곳이라서 인심도 좋은 모양이다. 오랜만에 걸어서인지 양쪽 발에 물집이 잡혔다.

왔다 갔다 하는 것이
사람마음

아침 7시, 보은터미널 인근에 주차하고 간식을 준비해서 출발한다. 시내를 가로지르는 큰 하천을 두고 은행나무 가로수가 푸르름을 더해준다. 가까운 들녘에는 농사철이라서 이양기로 모내기를 하느라 바쁜 모습이다.

봉계 교차로에는 '국민방위군 전적기념탑' 공원이 조성되어 있다. 6·25를 전후로 출몰하는 공비들을 소탕하다 목숨을 바친 국민방위군과 의용경찰들의 희생을 추모하기 위한 기념비라고 적혀있다. 봉계 교차로에서 괴산방면으로 두 갈래 길이 있는데 미원을 지나가는 길과 국립공원 속리산이 있는 사담을 지나가는 길이 있는데 거리는 속리산 쪽이 조금 더 먼 것 같아 어느 길을 선택할지 갈등이 생긴다.

소금강산으로 불리는 속리산, 천황봉에서 오른쪽 맨 끝 봉우리가 문장대이다.

선택의 갈림길 교차로에서

외길이라면 멀든 가깝든 그냥 따라가면 되지만 조금이라도 가까운 길을 선택할 것인지? 고생은 되겠지만 경치구경을 위해서 조금 더 먼 길을 돌아가야 할 것인지? 왔다 갔다 하는 것이 사람 마음이다. 백두대간 종주를 하면서 속리산의 아름다운 기억이 아직도 또렷이 남아있어 이번에는 미원 방면으로 진행하기로 했다.

한국 8경 중의 하나인 속리산은 날카롭게 솟은 봉우리와 깊은 계곡은 가히 절경을 이루고 있어 소금강산으로 불리기도 한다. 법주사를 중심으로 동쪽으로 주봉인 천황봉$_{1,057m}$을 비롯하여 입석대,

문장대, 경업대 등 1,000m가 넘는 봉우리와 깊은 계곡, 특히 가을철에는 만산홍엽의 단풍이 극치를 이루고 법주사의 고풍이 더욱 매력을 느끼게 한다.

봉계2교차로에서 새로 건설한 국도 9호선을 따라 진행하면 봉계터널을 통과하는데 여기서 괴산까지는 44km이고 미원까지는 13km를 알리는 커다란 표지판이 터널을 지키고 서 있다. 새로 만들어진 국도라서 말끔하고 시원스럽게 뚫렸지만 가로수 그늘이 없어서 마땅히 쉬어갈 곳이 없다.

개운한 할머니 올갱이 국

점심시간 무렵에 미원면 소재지에 도착했다. 배가 잔뜩 고파서 제일 먼저 눈에 띄는 할머니 원조 올갱이국 식당으로 들어갔다. 올갱이를 근처 냇가에서 잡아서 끓여주는 오랜 전통을 이어온 식당이라고 한다. 지역마다 조금씩은 조리방법이 달라서 국물 맛이 다르지만 이곳 올갱이국은 별 양념 없이 개운한 맛을 낸다.

미원에서 괴산까지는 27km 정도 남았는데 저녁 늦은 시간에 도착할 것 같아서 오늘은 일찍 마무리하고 쉬어야겠다는 생각에 보은으로 돌아가 차량을 회수하기 위해 버스에 오른다. 오늘은 왠지 걷기가 싫은 날인 것 같다. 같이 걸을 수 있는 동무가 있으면 그런 생각도 안 했을 텐데… 힘들어서라기 보다는 어쩌면 외로워서 걷기 싫은 것 같다.

"그래, 오늘만 날이냐? 내일을 위해 충전의 시간을 갖자"

고추가
과일처럼 맛있다는 느낌

지도를 살피고 국도 19호선을 따라 출발한다. 도로 옆 성당의 종소리가 크게 울려 퍼지며 새벽을 깨운다. 청아한 타종소리가 스피커에서 흘러나오는 종소리와는 확연히 다른 느낌이 들어 종탑을 유심히 바라보고 있노라니 영혼마저 일깨워주는 것 같다.

말티농산물 직판장이 있는 마을 앞을 지나는데 아주머니 두 분이서 깨를 심으면서 나누는 이야기 소리가 정겹게 들린다. 주말이라서 사위손님이 왔는데 손주 녀석이 놀러 나가서 늦게까지 돌아오지 않아서 저녁 6시경에 마을 방송을 하고 난리가 났었다는 얘기다. 조금 전에 말티라는 마을을 지나왔는데 이곳의 마을 이름이 좀 특이한 것 같다.

짬뽕이 맛있는 집

청천에서 이어지는 구방삼거리에서 이정표가 괴산방면으로 좌회전하라고 알려준다. 삼거리 노점 가판대에 약초 술이 전시되어 있다. 영지, 능이, 송이, 겨우살이, 오디, 잔대, 꾸지뽕산뽕, 천마, 더덕주 등 약주뿐만 아니라 약재까지 즐비하게 준비되어있다. 아침나절이라서 주인장은 보이지 않고 주변에는 맹견들이 보초를 서고 있다.

충북 청원군 미원면과 괴산군 청안면의 경계인 부흥재에서 쉬어간다. 고개 정상 표지석에 '선진 농촌의 건설은 젊은이들의 힘으로!'라는 70년대 구호가 남아있고 뒷면에는 '젊은이들이여! 창조적인 삶과 지혜를!'이라는 글귀가 새겨져 있다. 여기서 괴산까지는 16km라고 이정표가 일러준다.

부흥사거리에 도착하고 보니 정통옛날 짜장면 집이라는 중국식당이 눈에 띈다. 정통 짜장면집이라는 간판과는 다르게 '짬뽕이 맛있는 집'이라는 간판을 따로 세웠다. 주인장의 주특기가 자장면이 아니라 짬뽕인 모양이다. 어제 지방도를 따라 우회했더라면 청천에서 이곳으로 와서 점심 식사를 맛있는 짬뽕으로 했을 것이라는 생각이 든다.

금련사 입구 물레방아와 꽃 잔디

부성새터마을에는 시설하우스들이 제법 큰 규모로 들어서 있고 밭농사가 대부분인 것 같다. 산촌 지역의 여건에 맞는 고추, 옥수

수, 인삼 등이 주종을 이루고 버스승강장에 건장한 머슴이 고추를 들쳐 메고 있는 홍보 포스터가 지역의 특산품을 짐작하게 해준다. 고갯마루 금련사 입구에 물레방아와 돌탑이 꽃 잔디와 함께 아담하게 꾸며져 조화를 이룬다.

부처님 오신 날이 다가오면서 사찰 입구마다 연등과 현수막이 많이 걸려있다. '좋은 마음이 좋은 일을 만듭니다.'라는 현수막을 뒤로하고 굽이굽이 해발 308m가 표시된 굴티재를 힘들게 올라섰는데 내려가는 길이 3km라는 이정표와 마주친다. 이정표가 얄미워서 쉬지도 않고 빠른 걸음으로 내려간다.

문광 저수지에 강태공이 여기저기 둘러앉아 손맛을 즐기는 풍경이다. 저수지 환경을 낚시터로 조성해서 수상가옥에서도 낚시를 즐길 수 있도록 보트를 이용해서 옮겨주는 모습도 보이고 수십 마리의 두루미가 날아오르는 모습을 보니 자연환경이 잘 보존되고 있는 것 같다.

신기리 마을 앞을 지나다 산삼을 만나러 가는 심마니와 이런저런 이야기를 나누는데 서울에서 자영업을 하다가 IMF 경제위기 파고를 넘지 못해 사업에 실패하고 강원도에서 7년가량 심마니 수업을 받고 이곳에 정착해서 생활하는데 과거에 인삼을 재배했던 지역이라서 근처 야산에서도 산삼에 버금가는 산양삼이 가끔 채취된다고 한다.

괴산읍 시가지

괴산읍 딸기 하우스

괴산읍에 들어서자 유명세만큼이나 딸기 하우스가 즐비하다. 시
내로 연결되는 대로변에는 자전거 도로와 인도가 분리되어 편리하
게 이용할 수 있도록 했고 노견에는 다양한 야생화 화단을 만들어
쾌적하고 아름다운 도시라는 이미지를 심어준다. 하나를 보면 열
을 알 수 있듯이 전체적인 도시환경이 깨끗하다는 느낌이 든다.

배꼽시계가 점심시간이라고 알려와 고속버스터미널 주변에 대
기 중인 택시기사님께서 알려준 근처의 맛집을 찾았다. 손님이 제
법 많아서 기다리는 시간 동안 식당 분위기를 살피는데 우리말이

조금은 서툴고 주문한 음식이 잘못 나가는 경우도 있는데 어떻게 중국에서 온 조선족 부부가 손님들의 입맛을 사로잡을 수 있었는지 궁금했다.

한참을 기다려서 한 그릇을 비우는데 기다린 보람이 있었다. 배도 고픈 데다 잡냄새 없이 진한 국물에 들깻가루를 가미한 순대국밥 맛이 일품이다. 괴산 고추가 유명하다지만 약간의 단맛과 매운 듯하면서 서근서근한 고추가 과일처럼 맛있다는 느낌이다.

차량회수를 위해 되돌아가려고 근처에 있는 시외버스터미널로 이동해서 버스표를 사는데 미원까지 직접 가는 노선버스가 없어서 성전에서 갈아타고 미원까지 가라고 일러준다. 버스를 탈 때마다 녹초가 되어 잠이 드는데 신기하게도 목적지가 가까워지면 잠에서 깨어난다.

괴산에서 충주까지

주둥이는
멋으로 달고 다니는 것이
아니다

광주에서 출발한 지 3시간가량 걸려서 괴산버스터미널에 도착했다. 근처에 주차하고 서둘러 충주방면으로 출발한다. 시내를 벗어나면서 새로운 국도가 한창 건설 중이고 진행하는 국도를 따라 쌀밥나무라고 불리는 이팝나무가 온통 하얗게 꽃을 피웠다. 문득 존경하는 석천 형님께 안부를 전하고 싶어 전화를 드렸더니 진심으로 무사 종주를 기원해 주시는 마음을 읽을 수 있어서 오늘은 발걸음이 더 가벼워진다. 이팝나무 사이로 몰래 숨어든 아카시아 꽃향기가 고향의 향수를 불러온다.

어린 시절 추억을 따라가는 국도변 풍경

어린 시절 기억에 집에서 꿀벌을 키운 적이 있는데 아카시아 꽃이 만발할 때면 연기를 피워가며 모기장을 두른 밀짚모자를 쓰고

괴산 분강 유황 온천

벌꿀을 채취하던 추억이 아련히 떠오른다. 괴산군 공공하수처리
장을 지나면서 우리 영광군 하수처리장 규모와 비슷하다는 느낌이
다. 국도변 풍경은 산간지방이면서 길게 이어지는 농경지인데 중
간 중간에 인삼밭이 있어서 논농사와 밭농사가 혼재된 형태이다.

　괴산읍 검승리 이탄교 다리를 건너 왼편으로 충주와 감물방면으
로 향한다. 버스 승강장에 '미래의 땅 살기 좋은 괴산'이라는 군정
구호가 괴산의 미래를 말해주는 것 같다. 광전감물사거리 신협 건물
앞 쉼터에서 주변 풍경을 살핀다. 마을 유래비에 43가구의 여러 성
씨가 모여서 마을을 이루었다는 내용과 동쪽의 박달산 정기를 받

아 많은 인재를 배출한다는 내용을 적고 있다.

연로하신 할아버지께서 도랑에 빠진 기왓장을 건져내려고 무진 장 애를 쓰시는 것 같아서 도와 드렸다. 올해 연세가 89세라고 하신 다. 한 시간가량을 산길 도로를 빙글 뱅글 돌아서 주월산과 박달산 이 이어지는 느릅재를 넘는다. 고개 정상을 경계로 감물면에서 장 연면으로 이어지고 아래쪽에 방곡저수지가 있다.

어디로 갈래?

중부내륙 고속도로가 지나가는 장연면 광진리 방곡마을에서 점 심식사를 할 수 있어서 다행이다. 면 단위 작은 마을 같은 데 필요 한 가게들이 제법 들어서 있고 식당에는 여기저기 현장 인부들로 가득 메운다. 수학여행 학생들을 태워다주고 돌아가는 관광버스 기사님들도 시끄럽게 떠들어대며 식사를 하고 간다. 이곳이 식당 이라고 짐작한 것도 줄지어 서 있는 관광버스 덕분이다. 편의점이 있어서 간식을 보충할 수 있어서 좋고 커피를 마실 수 있는 다방과 약방, 치킨집도 있다.

문강사거리 교차로 이정표가 어디로 갈래? 하고 묻는다. 오른쪽 은 수안보 온천과 경찰학교 방면을 가리키고 앞쪽으로 '문강 유황 온천 호텔'과 '문강 원탕 사우나'가 있는데 관광차와 승용차가 길게 늘어서 있다. 마치 평소에 가깝게 지내는 동료직원 우보형님의 전 화가 와서 이곳 정황을 얘기했더니 앉아서 천 리를 보듯이 이곳 지 리를 잘 알고 계셨다.

아침에는 석천형님께 안부도 전하고 우보형님과 통화도 하고 괜스레 기분이 좋아진다. 충주 12km 지점에서 지루할 만큼 기나긴 살미터널을 통과한다. 터널 안에 SOS 비상 전화가 설치되어 있는 것은 알고 있었지만 비상탈출구에 엘리베이터가 설치되어 있는 것은 처음 보았다. 작동이 되는지 궁금했지만 실험을 해보지는 못했다.

이정표와 지도를 비교해보니 국도 3호선과 19호선, 그리고 36호선이 만나는 호음실 삼거리 세성교차로에 도착했다. 산골짜기 외길인데 입구에 분재원도 있고 기도원이 제법 크게 자리 잡고 있다. 도로를 따라 쓰러져가는 스레트 지붕의 빈집들과 새롭게 신축한 전원주택이 서로 대조를 이룬다.

방심하면 고생 두 배

충주를 감싸고도는 달천을 따라 걷다가 단월교를 건너 삼거리에서 소풍 나온 일행에게 길을 물었더니 터미널 방면으로 걸어서 1시간 정도 더 가야 한단다. 단호사丹湖寺 입구에서 쉬어 가는데 경내에 옆으로 누워있는 큰 소나무가 경이롭다. 스님의 독경 소리와 더불어 온몸으로 세월을 얘기해 주는 것 같다. 시내에 들어선 지 1시간 가량이 지나서 겨우 터미널에 도착할 수 있었다.

차량을 회수하기 위해 다시 괴산행 버스를 기다리다가 잠깐 조는 사이에 마지막 직행버스를 놓치고 말았다. 매표소 아가씨께 우회해서 가는 방법을 물었더니 증평에서 괴산가는 버스를 이용하라는 것이다. 중간 기착지 음성정류장에서 괴산가는 버스를 발견하고 기사님께 물었더니 이곳에서 차를 바꿔 타면 된다고 한다.

다행히 많은 시간을 허비하지 않고 괴산까지 돌아갈 수 있었지만 잠깐 방심하고 조는 사이에 고생도 더하고 차비는 두 배로 더 들었다. '매표소 아가씨가 제대로 알려 줬더라면 차비라도 절약할 수 있었을 텐데' 라는 생각과 내가 질문을 잘못한 것인가? 라는 생각이 교차한다. 아무튼 주둥이는 멋으로 달고 다니는 것이 아니라는 사실이 중요하다.

오늘은 여유가 있어서 좋다

찜질방에서 숙식할 수 있어서 차량 비박을 면한 덕분에 아침 일찍부터 출발을 서두른다.

오늘은 충청도를 벗어나 강원도에 입성하겠다는 기대감으로 힘찬 발걸음을 내딛는다. 아파트가 즐비한 목행사거리에서 충주댐 방면 이정표를 따라 제천·원주로 향한다. 시원하게 뻗은 남한강 강변을 따라 산책로와 자전거 도로를 잘 만들어 시민들이 편리하게 이용할 수 있도록 잘 정비되어 있어서 마냥 부러울 따름이다. 자전거를 타는 사람들과 운동하는 사람들 모두 행복하게만 보이고 덩달아 강변을 따라 걷는 나그네의 발걸음도 가벼워진다.

골프치는 노인

축구장과 파크골프park golf장 까지 갖추어 아침 일찍부터 노인들이 골프를 즐기는 모습이 우리 영광지역 풍경과는 사뭇 다른 느낌이다. 골프장을 A코스 9홀, B코스 9홀로 나누어 일반 골프공과 다른 주먹 크기의 공으로 게임을 즐기는데 처음 보는 경기라서 규칙 같은 것은 잘 모르겠다. 커다란 안내판이 목행지구 시설안내를 대신하고 있다.

목행대교를 건너 용교삼거리에서 보라매로 방면 공군 제19전투비행단 입구 로터리에 모형전투기가 날씬한 몸매로 위용을 자랑한다. 용교를 건너다 1969년 발행된 10원짜리 동전을 주웠는데 오래된 동전을 모으는 나에게 기쁨을 안겨준다. 우리나라 10원짜리 동전은 1966년 8월 19일 발행 개시되어 다보탑 문양으로 위에서 아래로 내려쓴 '세로글씨 십 원' 동전은 동^{Cu} 88% / 아연^{Zn} 12% 비율로 제조되다가 1970년 7월 16일부터 소재 배합 비율이 동 65% / 아연 35%로 변경되어 1982년까지 제조되었다.

동전의 가치

동전의 가치를 비교해보면 1970년 이전 동전이 대체로 가치가 높고 특히 1970년대 발행된 적동전과 황동전 중에서 적동전은 발행량이 적어 희귀성이 높아 사용하지 않은 동전이 140만 원을 호가한다고 한다. 1983년부터 2005년까지 2차 발행된 동전은 좌우 옆으로 쓴 '가로글씨 십 원'으로 바뀌고 소재 배합비율은 같으나 문양과 글씨체가 바뀌었다. 2006년 12월 18일부터 3차 발행된 10원 동전은 문양은 같은데 기존의 동전보다 크기가 작고 소재가 동 48% /

알루미늄 52%로 발행되어 현재는 3종 모두 유통되고 있다.

시가지를 벗어나

시가지를 벗어나 배일마을 앞을 지나는데 농장 앞 현수막에 적힌 고구마 종류가 많아서 적어본다. 자색, 일본, 호박, 당근, 밤, 황금고구마까지 평소에 별다른 생각 없이 먹던 고구마가 이렇게 종류가 다양한지 모르고 지내왔다고 생각하니 기분이 좀 야릇한 느낌이다.

하영교차로에서 국도 38호선을 따라가다 원주방면 국도 19호선을 따라가는 길인데 거리가 훨씬 가까운 개통 직전의 새로운 국도 19호선을 따라서 원주방면으로 향한다. 산 중턱을 가로질러 건설된 도로라서 그런지 공사 차량만 가끔씩 오가는 삭막한 시멘트 교량 위를 걷는 느낌이다. 가끔씩 시야가 열리는 곳에서 조용한 시골마을 풍경이 내려다보이지만 움직이는 사람들의 모습은 거의 보이지 않는다.

간판 없는 막국수집

뙤약볕을 3시간쯤 걸었을까? 국도와 함께 새로 뚫린 소태재터널을 지나가는데 시원한 바람이 가슴속까지 식혀준다. 터널 위로는 구도로가 구불구불 능선을 따라 이어지고 드라이브를 즐기는 승용차도 보인다. 소태재를 경계로 충청북도를 넘어 강원도에 들어섰다.

묵행대교에서 본 남한강 풍경

　'하늘이 내린 살아 숨 쉬는 땅 강원도'라는 구호가 실린 이정표가
반기고 왼편 아래로 귀래면사무소가 있는 운남리 마을이 한눈에
들어온다. 점심시간이 조금 지난 시간인데 허름한 막국수 집에 많
은 손님들이 붐빈다.

　간판도 없는 막국수 집인데 메뉴가 우리 영광지역과 많이 다르
다는 생각에 적어본다. 편육 2만 원, 냉콩국수 6천 원, 장 칼국수 5
천 원, 메밀 칼국수 6천 원, 메밀 부침 6천 원, 메밀묵 6천 원, 만둣
국 5천 원, 쟁반 막국수 7천 원, 비빔 막국수 6천 원, 느릅나무 막국
수 5천 원, 메밀 막국수 5천5백 원이다. 제일 인기 있는 메뉴가 메

밀 막국수인데 담백하고 감칠맛으로 많은 사람들의 입맛을 달래주고 있다.

오늘 일정을 마무리하고 귀가하기 위해 정류장에서 버스를 기다리는 시간에 주변을 유심히 살피는데 산골에 독립된 전형적인 면소재지 풍경이다. 면사무소를 중심으로 파출소와 학교, 농협 등 기관과 사회단체 간판건물들이 모여 있고 사거리를 중심으로 가게와 식당이 자리하고 손짜장면 간판이 시선을 끈다. 구멍가게를 겸한 정류장 매표소 할머니께서 지도를 살피며 메모하는 낯선 이방인이 궁금했는지 뭐 하는 사람이냐고 묻는다.

고성 통일전망대까지 걸어서 여행한다고 했더니 별로 할 일 없는 사람인 양 달갑지 않으신 표정이다. 맨날 이러고 다니면 식구들은 뭐 먹고 사냐고 걱정스럽게 물으신다. 직장생활 하며 쉬는 날 틈틈이 다녀간다는 설명에 이해를 하시는 것 같다. 옛날에는 이곳에도 많은 사람들이 살았는데 밤잠을 설치면서도 장사를 할 정도로 돈을 잘 벌어서 자녀들 대학 교육도 마치고 가게건물도 새로 지을 수 있었다고 한다.

당시에는 교통이 불편하고 대도시와 떨어진 산촌이라서 장사가 잘되었는데 지금은 도시로 많은 사람들이 빠져나가서 인구도 줄고 장사도 변변치 못하다고 한다. 할머니와 잠시 얘기하는 동안에 기다리던 버스가 왔다. 차량을 회수해서 귀가하는 시간이 갈수록 길어지기 때문에 시간 관리에 신경을 써야 하는데 오늘은 여유가 있어서 좋다.

귀래면 운남에서 원주까지

무식함의 끝은
없는 것 같다

새벽 5시 30분, 내비게이션에 목적지까지 293Km 3시간 40분이 찍힌다. 호남고속도로와 경부고속도로, 중부고속도로를 차례로 거치며 36번 국도를 따라 충주를 지나 목적지에 도착해보니 9시 20분이다. 휴게소에서 아침 식사시간을 제외하면 예정된 시간에 도착했지만 해가 충천에 떠 있어서 도착하기가 바쁘게 농협창고 옆에 주차하고 원주방면으로 향한다.

선선한 바람을 따라 보물을 찾아

1시간쯤 걸었을까? 운계터널을 지나는데 해발 280m에 걸맞게 맞은편에서 신선한 바람이 불어온다. 주변 산세가 깊어 많은 보물들이 숨어있을 것 같다. 지방도를 따라 민가가 형성되어 있고 소나무 숲 사이로 군데군데 예쁜 펜션들도 고개를 내민다. 운수가 좋은 날인지 500원 동전도 처음 주웠다. 그동안 주워 모은 동전이 종류별로 한 줌 정도 되는데 국토종단 기념으로 간직할 계획이다.

배꼽시계가 점심시간을 알릴 무렵 연세대학교 원주캠퍼스에 도착했다. 버스를 기다리는 학생들의 자유분방한 모습을 보면서 잠시나마 젊은 날의 추억을 느껴본다. 남원주 막국수 집에서 메밀로 뽑은 막국수가 한 사발에 5천 원인데 다른 지역에서는 쉽게 맛볼 수 없는 부드러움과 시원하고 담백한 맛이 일품이다.

저 멀리 치악산을 바라보며

홍업사거리는 도로 확장공사가 한창이고 농촌에서 도시로 변모되는 도농복합도시 형태를 그대로 보여준다. 도로변 논에서 뜬모하는 할머니를 보면서 즐겁지 못한 추억이 떠오른다. 모내기할 때 모가 넘어져서 심어지거나 건너뛰거나 하면 그사이를 메꾸어주는 작업을 뜬모라 하는데 아버님께서 생전에 계실 때 모내기하는 이양기 조작이 서툴러 3일간 무척이나 고생하며 뜬 모 작업을 했던 기억이 파노라마처럼 스쳐 간다.

국도변 농경지에 대형 육묘장 비닐하우스가 즐비하고 멀리 원주를 대표하는 치악산이 길게 펼쳐진다. 중앙 분리대가 화단으로 조성된 4차로 국도에 인도와 자전거 도로까지 제대로 갖춰진 도로를 걷다 보니 기분까지 좋아진다. 시내 변두리 통과도로 교량 밑에서 쉬어간다. 도로변 양쪽 공간에 화사한 꽃들이 만개하고 빨갛게 물들인 꽃 양귀비가 군락을 이루어 행인들을 유혹한다. 너나 할 것 없

원주 치악산 전경

이 휴대폰을 꺼내어 아름다운 풍경을 담아가느라 여념이 없다.

박경리 문학공원

터미널 근처에 박경리 문학공원 표지판이 눈에 띈다. 장편소설
토지의 작가 박경리 선생이 원주에 연고가 있는지를 모르고 있었
다. 새로운 것을 발견하고 알아가는 것도 여행의 즐거움이라지만,
무식함의 끝은 없는 것 같다. 반면에 어느 개념 있는 사람의 아이디
어인지 아니면 예술작가의 설치 작품인지 모르겠지만 단계사거리
장미꽃 분수대가 매우 인상적이다.

원주시외버스터미널 모습이 과거와는 완전히 다른 모습이다. 2009년 7월에 이곳 단계동 신축 터미널로 이전하여 70여 개의 노선을 확보한 중부내륙 최대의 터미널로 발전한 모습이다. 사람들도 많이 붐비고 주변 상가들의 네온사인 불빛이 신도시를 방불케 한다.

원주에서 홍천까지

힘들면 고행이요
즐거우면 여행이다

새벽 4시, 휴대폰이 화들짝 놀라며 온몸으로 진동한다.

찜질방에서 터미널로 이동해서 새벽에도 식사할 수 있는 해장국집을 찾아 든든한 아침을 챙긴다. 30여 년 전에 군대생활을 하면서 이곳 원주 1군사령부에 출장 올 기회가 많았는데 자주 찾던 할머니 선지국밥이 생각난다. 군인들은 많이 먹어야 한다며 듬직한 뚝배기에 선지 국물이 넘치도록 퍼주시던 할머니의 인심이 지금도 마음을 따뜻하게 해준다. TV에서 흘러나오는 애국가를 들으며 횡성 방면으로 출발한다.

새벽을 나는 백로들

원주천을 가로지르는 북원교北原橋를 지나면서 다리 양쪽 끝에 학이 날아오르는 모습이 지금까지 남아 있어서 감회가 새롭다. 천변에 많은 백로들이 몰려있어서 그 이유를 설명해 주는 것 같다. 그렇다면 날아오르는 조형물의 모습이 학이 아니라 백로였다는 말인가? 또 하나 변하지 않은 것이 있다면 제1군수지원사령부의 기나긴 담장은 아직도 그대로인 것 같다.

원주IC와 창평 방면으로 갈라지는 사거리를 지나면서 도심권을 벗어난 느낌이다. 횡성방면 중간 고갯길에 원주~춘천 간 국도조성 기념비에 '살기 좋은 원주 아름다운 강원'이라 새겨 놓았는데 순서를 바꾸면 좋겠다는 생각이 든다. 장양사거리 이정표가 반긴다. 횡성까지 11Km, 내가 군대생활을 했던 화천까지는 115Km라고 알려준다. 우측으로 병풍처럼 펼쳐진 원주의 자랑 치악산이 산님들을 유혹이라도 하는 듯 아름다운 자태를 뽐내고 있다.

원주공항

공군 제8전투비행단 정문 앞 삼거리에 모형전투기 한 대가 이륙하는 모습을 보여주고 있다. 아스팔트 포장도로 고개를 넘어가는데 생각 없이 오르막길을 산행하는 기분이들 정도로 속도가 나지 않는다. 아침 8시에 원주시와 횡성군의 경계지점인 원주^{횡성}공항에 도착했다. 좁은 주차장에는 승용차들이 빼곡히 들어서 있는데 사람들은 거의 보이지 않고 대합실은 시골의 시외버스 정류장 분위기 같다. 근처에 먹거리 촌을 형성하여 지역경제 활성화를 꾀하려는 노력이 엿보인다.

두 번째 아침 식사를 홍천의 구수한 된장찌개로 하고 다정다감하

원주 공항

신 주인 할머니의 커피 서비스까지 받고 보니 마음의 여유까지 생긴
다. 할머니께 공항 분위기를 물었더니 하루에 제주도를 1회 운항하는
데 오후 1시에 손님을 싣고 와서 다시 제주도행 손님들을 싣고 간다
고 한다. 그래서 주차장 차량들은 주인을 기다리는 중이라고 한다.

　횡성읍 입구에 '평생학습 도시 횡성'이라는 커다란 표지석이 길
손을 반긴다. 전천교를 건너 홍천길을 따라간다. 국가하천 섬강 천
변에 대규모 문화체육공원 공사가 한창 진행 중이다. 체육시설은
물론이고 문화예술회관과 국민체육센터, 도서관, 청소년 수련관
등이 들어설 계획이란다. 규모도 크고 입지여건도 적합한 것 같다.

엄지손가락을 든 횡성 한우

횡성에서 5Km 지점 고갯길에 신촌 검문소가 있다. 홍천까지 25Km라고 일러주는 이정표를 뒤로하고 출발하는데 오토바이 동호회 한 무리가 대열을 정비하느라 리더의 손짓에 따라 한쪽으로 도열하며 요란스럽게 질주한다. 지금이 시즌인지 오늘만 벌써 100대도 넘게 본 것 같다. 다른 지역과는 달리 도로변에 식당들이 중간중간 이어져 있어서 점심식사 하기는 좋은 것 같다. 공근면 소재지를 지나는데 미리 챙겨 먹은 점심이 후회스러울 정도로 식당들이 다양하게 도열해 있고 짜장면집 간판이 오늘따라 더욱 뚜렷이 보인다.

오후 1시경 갑자기 사방이 어두워지면서 천둥과 번개를 동반한 우박 같은 소낙비가 30여 분 쏟아지더니 언제 그랬냐는 듯이 맑게 갠다. 버스 승강장이 없었더라면 곤욕을 치를 뻔했다. 이정표마다 한우가 최고라며 엄지손가락을 세우고 있는 모습이 왠지 귀엽게 느껴진다.

시루봉 휴게소에서 커피 한 잔 즐기려는데 오토바이 무리가 시끄럽게 들어오더니 자기 멋에 겨워 너스레를 떨며 야단법석이다. 한쪽에는 면회 온 이등병 가족들이 카메라를 열심히 눌러대며 재회의 기쁨을 나눈다. 관광안내소에서 횡성의 6대 명품을 소개하고 있다. 한우를 비롯해서 더덕, 안흥찐빵, 어사진미쌀, 홍삼, 토종 복분자인데 안흥찐빵 본고장의 맛을 즐기려고 크게 한입 물고 힘차게 출발한다.

시원하게 뚫린 직선도로에 '3대째 이어온 봉춘 막국수 집'이라는 간판이 시선을 끌고 유명세답게 여러 대의 승용차가 주차장을 채우고 있다. 멀고도 긴 해발 460m 산마치 고개를 올라서 터널을 통과한다. 횡성군과 홍천군의 경계인 듯 엄지손가락을 세우고 있던 한우가 여기서는 손을 흔들고 있다.

전형적인 산골풍경의 산마치리는 가운데 도로를 중심으로 개울물이 흐르고 양쪽으로 마을이 형성되어 도로변에 막국수집, 토종닭집, 협동상회 간판이 걸려있고 이런 산골에까지 부처님이 오시는지 부처님 오신 날 봉축 현수막이 걸려있다. 내일 부처님께서 오신다고 하는데 길거리에서 뵙게 될지 걱정이다.

홍천 입구 88올림픽기념동산이 있는 공원에는 나들이 온 가족들이 행복해 보인다. 운동하는 사람들도 가족 단위로 함께하는 모습을 보니 인근 아파트 주민들이 많이 이용하는 공간인 것 같다. 어둠이 깔리기 시작하는 저녁 7시 무렵에 도로를 중심으로 길게 형성된 도심을 지나 홍천시외버스터미널에 도착했다. 시내가 깨끗한 느낌은 아니지만 질서가 있어 보인다.

13시간 남짓 걸었을까?

고행 길이 따로 없는 것 같다. 힘들면 고행이요 즐거우면 여행이다. 오늘은 멀고도 긴 여정이었다.

공자님께서도 못다 한
훌륭한 말씀

오늘은 음력으로 4월 8일 석가탄신일이다. 종교에 관심이 없는 대다수 사람들도 성탄절과 부처님 오신 날 정도는 알고 지내는 것이 우리의 정서인 듯싶다. 어제 먼 거리를 걸었는데도 컨디션은 좋은 편이다. 역시 걷기운동이 몸에 큰 무리 없이 건강을 챙길 수 있는 운동인 것 같다. 새벽 시간인데 새소리가 요란하다.

홍천의 자부심 무궁화 가로수

이곳 음식 중에 삼겹살 양념구이를 숯불에 구워 먹는 화로구이가 유명한데 문제는 음식점 간판마다 원조라는데 있다. 더구나 진짜 원조집도 있고 3대 원조집도 있는데 주차장이 넓고 손님이 많은 곳이 맛집일 듯싶다. 44번 국도를 따라 인제를 향해 힘차게 발걸음을 재촉한다. 육교 현수막에 '대한민국 무궁화 메카 도시 홍천'이라는 문구가 홍천의 자부심을 말해주듯 가로수도 무궁화 나무로 심었다.

홍천 만남의 광장에서 라면과 김밥으로 훌륭한 아침 식사를 할 수 있어서 다행이다. 아침을 꼭 챙겨 먹는 나의 좋은 습관을 지킬 수 있어서 기분이 더 좋다. 국도변 이곳저곳에 산골짜기 자연공원 전원주택 부지를 분양광고가 많은 것으로 보아 이곳에도 서서히 개발의 바람이 불기 시작한 것 같다. 국도변에 너저분한 골동품 판매상이 있어서 들여다보니 항아리며 온갖 잡동사니가 쌓여있고 뒤편에서는 참숯을 굽는 가마에서 연기가 피어오른다. 그래도 아침 나절인지라 운치가 있어 보인다.

동홍천 IC근처에 도착해서야 모처럼 탁 트인 공간이다. 산골짜기에서는 제법 너른 들판에 모내기가 끝나고 하우스 시설과 농가들이 밀집된 형태의 마을을 이루고 있다. 남양주~양양 간 고속국도가 지나가고 국도와 지방도가 이어지는 교통의 요충지인 것 같다. 주변을 둘러보면 첩첩산중이고 중앙을 흐르는 하천은 멀리서 봐도 맑고 깨끗한 느낌이다.

말고개 정상에서 내려다보는 부묵골 경치가 아름답다. 화양강이 마을 어귀를 휘감아 돌고 안쪽에 자리 잡은 마을은 평화롭기 그지없다. 강변의 양지바른 곳에 전원주택들이 들어서 있는데 별장 같기도 하고 아무튼 부러움의 대상이다. 동쪽으로 멀리 방태산1,436m이 굽어보고 산새들의 노랫소리와 더불어 산 좋고 물 좋은 강원도를 실감하며 신선한 바람을 맞이하고 서 있노라니 세상의 아픔을 모두 잊게 해준다.

화양강 휴게소에서 잠시 쉬고

철정터널을 지나 화양강 휴게소에서 쉬어간다. 산삼을 판매하는 매장벽보에 홍천 9경을 소개하고 있다. 1경 팔봉산, 2경 기리산, 3경 미약골, 4경 금학산, 5경 가령폭포, 6경 공작산 수타사, 7경 용소계곡, 8경 살둔계곡, 9경 삼봉약수이다. 사진으로 구경했지만 아름다운 자연경관을 자랑할 수 있는 자체가 부럽다. 산삼을 구경하고 싶은데 문이 잠겨 있어서 침만 삼키고 돌아선다.

가령폭포 가는 길 철정교아래서 족대 그물로 물고기를 잡는 풍경이 즐거워 보인다. 헌병초소가 버티고 서있는 것이 전방이 가까워진 모양이다. 군대 시절에는 이런 곳을 통과하려면 왠지 불편했던 추억이 되살아난다. 근무 중인 헌병은 방전된 로봇마냥 꼼짝도 하지 않고 서 있다. 도로를 가로질러 홍천경찰서에서 설치한 현수막 광고판이 눈길을 끈다. '웃으면서 양보운전 즐기면서 여유운전' 공자님께서도 못다 한 훌륭한 말씀이다.

추평 교차로가 있는 역내리 가래 뜰을 지난다. 경지정리가 된 농지가 국도를 따라 길게 뻗어 있는데 인삼밭과 농경지가 반반 정도 되는 들판이고 주변은 역시 첩첩산중이다. 산자락을 따라 군데군데 들어선 전원주택들이 아담하고 예쁘게 보인다. 배꼽시계가 정오를 지날 무렵 백두산 휴게소에 도착했다. 휴게소 바로 옆에 있는 '40년 전통 오봉막국수' 집으로 들어선다.

창정조각공원

곰배령 휴게소를 넘어

벽에 걸린 액자에 '남과 같이해서는 남 이상 될 수 없다'는 주인장의 투철한 사명감과 정신이 고스란히 담겨있다. 판매를 위해 진열해놓은 평화의 댐 민통선 벌꿀과 각종 약초 술병 중에서 넉넉한 술병에서 잘 익었을 법한 더덕주에 시선이 꽂힌다. 요즘 '한국인의 밥상'이라는 프로그램을 진행하는 연예인 최불암 씨와 주인 할머니가 함께 다정하게 찍은 사진도 걸려있다.

홍천군과 인제군의 경계를 이루는 곰배령에는 '하늘이 내린 인제군'이라는 홍보용 입간판이 줄지어 서 있다. 정상 휴게소에서 곰 두 마리가 길손을 맞이하는데 조각 작품들이 남성과 여성을 묘사해 놓았다. 청정 조각공원 안에는 제주도의 성문화 박물관 작품들 못 지않은 작품들이 가득하고 판매용 상품으로 개발해서 판매도 하고 있다. 덕분에 조금은 민망한 조각품을 실컷 구경하고 간다.

연휴 마지막 날이라서 동해안과 설악산에 놀러 갔던 귀경차량이 끝없이 이어져 거북이 운행을 하고 있다. 신남삼거리 갈림길에서 인제방면으로 진행하다 보면 언덕에 자리 잡은 동갈보대 휴게소가 있고 인제 10km 지점에 있는 38선 휴게소는 이름값 만큼이나 많은 차량과 인파로 붐빈다. 소양호 상류를 가로 지르는 인제대교를 건너면서 과거에 사용하던 교량이 그대로 남아있어서 과거와 현재의 건설기술력을 비교해 볼 수 있다. 4차로에 980m의 대교를 건너 터널을 통과하면 체육공원과 함께 인제읍 전경이 펼쳐지고 시내를 관통하는 도를 따라 시내 중심에 시외버스터미널이 위치해 있다. 국도를 따라 강변 산책로가 잘 정비되어 운동하는 사람들이 많다.

인생의 여름을 지나가는 길

오늘도 14시간가량의 여정을 마무리하면서 몸은 지치고 피곤하지만 가슴은 뿌듯하다. 지난날을 되짚어보면 40대까지는 인생의 봄날이었다면 50대가 된 지금은 여름을 보내는 것이라는 생각이 든다. 여름에 땀 흘리지 않는 자는 가을에 수확을 기대할 수 없다는 말이 있듯이 지금 열심히 땀 흘리지 않으면 나에게 언제 또 오늘 같은 여름날이 오겠는가?

인제에서 진부령까지

몸 보다 마음이 앞서는 것은
그리움 때문 일게다

강변 산책로와 자전거 도로를 따라 아침 운동을 즐기는 사람들이 생각보다 많다. 도심 속에서는 느낄 수 없는 상큼한 아침 공기를 마시는 자체만으로도 기분이 좋아진다. 강 건너 산언저리에 자리한 아파트 2동이 부러움을 산다. 한계천과 내린천이 만나는 합강지점에 번지점프와 래프팅, 하늘을 날아가는 슬링샷과 4륜오토바이 ATV 체험장이 마련되어 젊은이들의 놀이터 천국인 것 같다.

오늘은 미국 동전

합강교에서 둘러보는 경관이 아름다워 이런 곳에서도 살아보고 싶다는 생각을 해본다. 갈림길에서 31번 국도 속초방면 이정표를 따라간다. 동전을 발견하고 새로 발행된 10원짜리 같아서 주웠는데 1센트짜리 미국 동전이 인사를 건넨다. 멀리 남의 나라에서 버

합강정 휴게소에서 바라본 인제읍 전경

려진 것 같아서 내가 입양하기로 했다. 원통리 육교에 '병영 추억의 고장 원통입니다'라며 호돌이 마스코트가 거수경례로 맞이해준다. 학교처럼 보이는 현대식 건물의 막사를 보면서 병영생활도 많이 변했다는 생각이 든다.

　강 건너편에서는 캠핑가족이 아침 식사를 준비하느라 분주한 모습이다. 오늘은 무리하지 않고 산보를 즐길 생각이다. 발가락에 잡힌 물집을 정리했지만 불편하긴 마찬가지고 오른쪽 무릎관절도 불편하지만 오늘은 진부령까지 꼭 가야 할 이유가 있다. 몸보다 마음이 앞서는 것은 그리움 때문 일게다. 오늘은 꼭 만나보고 싶은 '백두대간 종주기념비'가 나를 기다리고 있기 때문이다.

강어귀에서 골재채취 작업이 한창이다. 포크레인 2대가 줄지어서 있는 덤프트럭 10여 대에 모래를 가득가득 채워준다. 우리 영광지역에서는 꿈속에서나 그려볼 만한 장면이다. 골재업자들의 욕심에 얼마나 많은 선배공무원들이 곤욕을 치러야 했는지를 잘 알고 있기 때문에 그냥 지나칠 수 없는 것 같다. 어두원리 교차로에서 바라보는 설악산의 모습은 품에 안기고 싶을 정도로 경이롭다. 군부대차량통행이 많아지고 민박과 산채정식 같은 간판이 많이 보인다.

설악휴게소에서 잠시 쉬어간다. 필요할 때면 나타나는 휴게소가 반가울 뿐이다. 여행 중에는 가족이나 가까운 친구에게 행선지를 알리는 것이 상식이다. 다른 때 같으면 광석이 친구한테도 행선지를 알렸을 텐데 오늘은 알리지 않기로 했다. 어제도 무리하지 말라고 몇 번을 당부했는데 오늘 진부령까지 가겠다면 좋은 소리 안 할 것 같다. 목적지에 도착하면 오늘은 꼭 백두대간 종주기념비를 만나보고 싶어서 왔다고 핑계를 대야 할 것 같다.

한계령을 넘어가는 길

모란골 교차로 내설악 광장에서 왼쪽 46번 국도를 따라 간성방면으로 향한다. 오른쪽은 한계령을 넘어 양양으로 가는 44번 국도다. 한계터널에 들어서려는데 관광버스 20여 대가 줄지어 정신없이 지나간다.

자연경관이 뛰어난 강원도는 축복받은 땅이라는 생각이 든다.

용대리 수문장 금강송

터널 아래쪽으로 완행버스가 옛 도로를 따라 한가롭게 지나간다.
계곡을 따라 구불구불한 옛길을 도보로 넘어보면 훨씬 운치가 있
을 것 같은데 새로운 국도에서는 내려다보는 묘미가 있어서 괜찮
은 것 같다.

한계터널을 지나면 곧바로 용대터널로 이어지는데 길이가 2km
남짓 되는 것 같다. 마지막 휴게소라는 십이선녀탕 휴게소에서 점
심도 해결하고 송이버섯으로 담근 송이주 맛이 궁금해서 한 병을
마셨는데 피곤한 데다 취기가 더해 비실비실 잠이 온다. 인제군 북
면 용대리 관광교차로를 지나면서 만해 한용운 선생을 기념하기

위한 만해마을 기념관이 있다. 구만교차로를 지나면서 TV 광고를 통해 귀에 익숙한 용대리 황태 간판들이 즐비하다.

가평마을 쉼터에서 꿀잠

부지런히 걷는데도 너무너무 졸려서 백담사 하촌, 용대리 문화 마을이라는 큰 표지석이 버티고 서있는 가평마을 앞 작은 쉼터에서 잠시 꿀잠을 즐긴다. 백담사 입구라서 버스정류장과 식당, 편의점 등이 있어서 부족한 물품도 보충하고 쉬어가기 좋은 곳이다. 뒷산 능선에 풍력발전기 6대가 위용을 자랑하며 열심히 날개를 돌리고 있다. 아들 승화로부터 동료직원 홍용희 주무관의 부친상 소식을 전해 듣고 부의를 당부했지만 직접 조문하지 못해서 미안한 마음이 앞선다.

황태령 휴게소에서는 황태 건어물 직판장과 황태요리 전문식당으로 성업 중이고 옆 건물에는 미시령 산약초와 벌꿀 전문 매장도 함께 있다. 걷다 보니 온통 '용대물산 황태덕장'이라는 생각이 들 정도로 많은 매장과 식당이 많다. '황태사랑' 식당을 운영하는 사장님께서 커피 한 잔을 권해주신다. KBS 생생정보통을 비롯해서 여러 방송사에서 방영될 정도로 유명한 식당이라고 한다. 옆집은 KBS 인간시장에 부자간에 출연해서 유명한 집이라고 소개해 주신다.

도로 중앙에 기품 있게 서 있는 금강송 소나무가 명물이다. 용대교차로에서 중요한 국가시설물인 '통합기준점'을 보았다. 모든 측량의 기준이 되는 시설물로서 「위도 38도 13분 00초, 경도 128도 21

매바위. 여름철에는 인공폭포가 장관이다.

분 48초, 높이 375m, 2010년 10월 국토해양부 국토지리정보원장」
이라고 새겨져 있다. 반석 위에 설치하긴 했지만 보호 장치가 없어
서 조금은 아쉽다는 생각이 든다.

미시령과 진부령 갈림길

용대삼거리에서 미시령과 진부령 갈림길이 나나뉜다. 우뚝 솟아
있는 매바위는 암벽체험을 할 수 있고 여름철에는 인공폭포 역할
을 하고 맞은편 용대 전망대가 있어서 관광객들의 마음을 사로잡
는다고 한다. 특산품 전시판매장 주변으로 식당들이 있는데 매바

위 주변은 매바위 식당 일색이고 건너편 용바위 주변에는 용바위 식당 일색이다. 어제까지 4일간의 황태축제 기간 동안에 많은 인파가 붐볐다고 한다.

진부령으로 가는 계곡 길도 머지않아 옛길로 남을 것 같다. 새로운 국도건설 공사가 한창 진행 중이고 계곡 사이로 여기저기 경관 훼손을 줄이려는 노력의 흔적들이 다행스럽게 느껴진다. 군계교를 건너면서 천하대장군과 지하여장군이 길손을 반긴다. 군郡의 경계라고 해서 군계교라 불리는 모양이다. 고성군 간성읍 표지판이 무척이나 반갑게 느껴진다. 군인들이 훈련을 하느라 이곳저곳에 은폐해 있고 가끔씩 계곡을 뒤흔드는 총소리도 들린다.

오후 5시 무렵 진부령에 도착했다. 2년 전 아들과 함께 다녀간 이후로 변화가 거의 없다. 서둘러 백두대간종주기념비 공원으로 올라가서 감회에 젖는다. 2005년 8월 6일~2008년 6월 1일까지 3년에 걸쳐 직장산악회 동료 3명과 함께 주말을 이용해서 백두대간 남한구간 종주를 마치고 기념비를 세웠는데 벌써 5년이 지났다. 해병대에 자원해서 훈련을 마친 아들을 면회할 때처럼 반갑다. 모두 26개의 개인과 단체의 완주기념비가 조화롭게 운집해 있는 모습이 자랑스럽다.

진부령에서 장신리까지

뜻대로만 되지 않는 것이 세상 이치인가 보다

숙박이 여의치 않을 때는 차에서 비박하며 여행할 수 있을 정도로 적응이 되었지만 엄습해오는 추위를 이겨내기는 쉽지 않다. 새벽녘 추위에 잠을 설치고 주변을 살피는데 구름 속에 갇힌 듯이 아무것도 보이지 않는다. 오늘 떠나면 언제 이곳에 다시 올지 모른다는 생각에 기념비 공원에 들려 아쉬운 마음을 추스르고 해발 520m의 진부령을 넘는다.

백두대간의 끝자락

진부령은 강원도 인제군과 고성군 간성읍을 잇는 백두대간 남한 구간의 끝자락 고개이다. 1930년대 벌목을 목적으로 개설되어 현재는 46번 국도로 운송과 관광에 활용되고 있다. 고개 정상에 서 있는 곰돌이가 잘 안 보일 정도로 안개가 자욱하다. 진부리 마을 앞

진부령에서 밀려 내려오는 안개구름 때문에 사방이 온통 뿌옇다.

도로변에 몸통이 하얀 자작나무와 아카시아 하얀 꽃이 서서히 걷히는 안갯속에서 몽환적인 풍경을 연출하면서 마치 꿈을 꾸는 듯 착각을 일으킨다.

　7시경부터 비가 내리기 시작한다. 소똥령 마을 앞 표지석이 매우 인상적이다. 기단 위에 옆으로 긴 초승달 모양의 자연석에 소똥령 마을이라고 새기고 그 위에 소똥처럼 생긴 자연석을 올려놓은 기발한 작품이다. 마을 주민들의 정서를 느낄 수 있어서 오래도록 기억에 남을 것 같다. 시간이 갈수록 빗줄기가 굵어지는 것 같아서 도로변 민가에서 잠시 비를 피하며 빵과 두유로 아침 식사를 대신한다.

가끔 내 뜻대로 되지 않을 때도

일정을 포기하고 되돌아가려면 이곳에서는 버스가 정차하지 않기 때문에 정류장이 있는 장신리까지 내려가야 한다. 1시간 남짓 걸었을까? 군부대가 있고 농촌건강 장수마을이라는 커다란 입간판과 수동 치안센터가 있는 마을 앞 매표소에 도착했는데 되돌아가는 길이 쉽지 않다. 과거에는 진부령에서 정차해서 손님을 내려주거나 태워줬는데 지금은 이용객이 없어서 정차하지 않는다는 것이다.

통일전망대까지 마지막 구간을 마치고 돌아가려고 작심하고 왔건만 내 뜻대로만 되지 않는 것이 세상 이치인가 보다. 점점 굵어지는 빗줄기는 그칠 기세가 아닌지라 다음 기회에 한 번 더 다녀가야 할 것 같다. 차량을 회수하기 위해 진부령으로 되돌아가려면 1시간 간격으로 운행하는 원주행 직행버스와 동서울행 직행버스를 이용해야 하는데 진부령에서 정차하지 않는 직행버스에 승차하기가 부담스럽다.

매표소 아주머니께서 무작정 올라타서 기사님께 사정해 보라고 한 수 가르쳐 주신다. 다행히 그 한 수가 통했다. 그보다도 비 맞은 생쥐 꼴이 된 내 행색이 불쌍해서 자비를 베푼 것이라는 표현이 맞을 것 같다. 국토종단 일정을 모두 마무리하지 못하고 돌아가는 심정이 못내 아쉽다. 그래도 가족들과 함께할 수 있다는 생각으로 집으로 향하는 마음만은 기쁘고 행복하다. 가는 길에 휴게소에서 맛있는 호두과자라도 사가야겠다.

장신리에서 통일전망대까지

새로운 도전을
생각해 본다

밤새 호남고속도로와 중부고속도로를 달려 영동과 중앙고속도로까지 섭렵하고 홍천에서 빠져나와 인제를 지나 진부령을 넘어서 간성읍 장신리에 안착하여 잠시 눈을 붙이고 조용한 새벽을 맞는다. 새벽안개가 짙게 내려앉아 마을 풍경조차 볼 수 없을 정도다. 장신2리 마을 앞을 지날 무렵 사방이 트이면서 진부령에서 밀려오는 안개가 계곡을 따라 물 흐르듯 빠져나가는 모습이 장관이다.

도로변에서 바위에 새겨놓은 이승만 초대 대통령의 친필휘호를 볼 수 있다. 6·25전쟁당시 11사단화랑사단을 지휘하던 오덕준 장군에게 '조국을 위해 충성을 다하라'는 뜻으로 爲國盡忠위국진충이라는 휘호를 하사한 것을 같은해 1951년 9월 바위에 음각했다고 소개하고 있다.

통일전망대로 가는 길

까치가 이방인의 방문을 시끄럽게 알리고 도로변 2층집 마당의 두 마리의 견공은 이방인이 못마땅한 듯 미친 듯이 짖어댄다. 얄밉지만 머지않아 운명처럼 다가올 세 번의 복날을 잘 넘길 수 있도록 빌어준다. 46번 국도를 따라가다 도로변에 설치된 구조물이 뜻밖에도 일제강점기 토지조사사업 당시에 설치한 측량원점동단기선이라는 사실을 알 수 있었다. 안내문에 국도를 확장하면서 묻힌 것을 선배들의 노력으로 발견하여 복원해 놓았다고 한다.

통일전망대 가는 길 대대삼거리에 기품 있는 소나무와 부동자세의 헌병이 마주 보고 서 있다. 인근 기사식당에서 아침 식사를 할 수 있어서 다행이다. 영암군 시종면이 고향이라는 주인아주머니께서 고향 사람 만났다며 무척이나 반갑게 맞아주신다. 많이 먹고 가라고 구운 생선도 한 마리 더 주시며 고향의 인정을 느끼게 해주신다. 고향 까마귀만 봐도 반갑다더니 이럴 때 어울리는 말인 것 같다.

충혼비 공원에 6·25참전용사 공적비와 베트남 참전 기념탑, 충혼비 등 조형물을 차례로 둘러보았다. 베트남 참전부대가 수도사단인 맹호부대를 비롯해서 8개 부대가 참전했고 1965년부터 1973년까지 파병하여 전사자가 무려 5,000여 명이라는 사실도 알게 되었다. 그분들의 희생이 지금의 대한민국이 있기까지 경제발전의 밑거름이 되지 않았던가? 숙연한 마음에 잠시 묵념에 잠긴다.

참전 기념비 공원

바다와 맞닿은 포구

오늘도 어김없이 바이크를 즐기는 일행들이 경광등을 깜박이며 지나간다. 통일전망대를 출발해서 어디론가 달리는 것 같다. 전망대로 가는 도로는 확장공사가 한창 진행 중이라서 머지않아 4차로가 시원스럽게 뚫릴 것 같다. 해안 철조망 너머로 동해의 푸른 바다가 열리면서 하얀 파도는 가슴속까지 밀려오고 소나무 숲길은 정감을 더해준다. 아름다운 풍경 속에 예술인들의 작업실도 보이고 잠시라도 머무르고 싶은 곳이다.

길모퉁이를 돌아서니 거진항이 그림처럼 한눈에 들어온다. 바

통일전망대에서 바라본 금강산 자락 낙타봉

다와 하늘이 맞닿은 공간에 포구가 있는 아름다운 풍경이다. 바다
로 이러지는 자산천에는 낚시를 즐기는 강태공들의 모습이 한가롭
게 보이고 설악산에서 향로봉을 거쳐 금강산으로 이어지는 백두대
간 능선이 장엄하게 펼쳐진다. 하루빨리 통일이 되어 백두산까지
이어갈 수 있는 그 날이 왔으면 좋겠다. 금강산 자연사 박물관 앞을
지나는데 규모나 외형이 기대보다 초라한 느낌이다. 이승만 초대
대통령 별장과 김일성 별장이 있는 화진포 방면 갈림길이다.

　금강산 여행객들의 집결장소인 화진포 아산휴게소 주차장이 텅
텅 비어있다. 한때는 관광버스가 빼곡히 들어차 있던 곳인데 굳게

통일전망대 남쪽으로 본 대진항 방면

잠긴 출입문이 안타까운 현실을 말해주고 있다. 대진항부터는 국
도에서 벗어나 해안도로를 따라간다. 해안을 따라 끝없이 이어지
는 철조망이 눈앞의 가시처럼 장해물이지만 아름다운 자연경관을
가리지는 못한다. 아쉬운 것은 가끔씩 밀려있는 바다 쓰레기가 어
두운 그림자처럼 마음을 무겁게 짓누른다.

 하얀 등대가 마주 보이는 대진항 활어 횟집에서 물 회를 시키는
데 고명으로 올라가는 해산물의 종류와 가지 수에 따라 1만 원부
터 2만 원까지 가격이 다르다. 혼자 먹기는 조금 부담스럽지만 2만
원하는 고급 물회가 양도 많지만 맛도 일품이라서 포식할 수 있다.

어판장에는 성게 작업이 한창이고 이맘때 성게 맛이 일품이라고
한다.

드디어 통일전망대

드디어 통일전망대 출입 신고소에 도착했다. 차량 없이 전망대
까지 갈 수 없어서 공수특전사 출신 봉사단체인 특수환경 구조대
총무님께 부탁했더니 일행으로 신고를 마치고 버스에 동승할 수
있었다. 전망대까지는 10km 정도 차량으로 이동해야 하는데 승용
차로 이동할 수 있다. 전망대에 올라 금강산의 끝자락 낙타봉을 배
경으로 기념사진을 남기고 안보 공원까지 둘러볼 수 있었다.

금강산 육로관광을 위해 개설한 포장도로가 지금은 이용하지 못
하고 주인을 잃어버린 출입국관리사무소는 철조망의 보호를 받고
있는 현실이 안타깝다. 동행했던 일행들의 배려로 싱싱한 활어회
에 소주도 한잔 나누며 오후 시간을 그들과 함께할 수 있었다.

해남군 땅끝 마을에서 강원도 통일전망대까지

국토종단 일정을 동해의 일출을 보면서 마무리하고 싶어서 화진
포 해수욕장에서 비박하고 TV에서 애국가가 흘러나올 때 보는듯한
찬란한 일출을 기다렸건만 기대에 미치지 못했다. 근처에 있는 김
일성별장이라고 불리는 화진포의 성城 건물옥상에 오르면 동해바
다와 화진포 호수가 한눈에 들어오는 비경을 볼 수 있다. 주변의 금
강송 군락과 어울리는 초대 부통령을 지낸 이기붕 별장이 있고 호

수 건너편에는 초대 이승만 대통령의 별장이 있어 화진포를 배경으로 내려다보는 경관도 무척이나 아름답다.

국토대장정, 인생의 희로애락이 묻어있는 인생의 축소판이라는 생각이 든다. 긴 여행을 마치고 느끼는 여유랄까? 길손에게도 기꺼이 사과하나를 건네주는 마음이 따뜻해서 나도 누군가에게 그런 사람이 되고 싶다. 이로써 전라남도 해남군 땅끝 마을을 출발하여 강원도 고성군 통일전망대에 이르는 22일간의 654Km 대장정을 마치고 새로운 도전을 생각해본다.

국토종단 구간별 현황

회차	일정	구간	도로	거리 (km)	소요 시간	날씨	비고
1	2011. 7.28	전남 해남군 송지면 땅끝~ 해남군 북평면 남창	지방도 813호선	22.5	5:00	맑음	13:30 전망대 출발 18:30 남창네거리 도착
	7.29	해남군 북평면 남창~ 강진군 시외버스터미널	지방도 55호선	32.3	7:30	맑음	05:00 남창 출발 12:30 강진 도착
2	8.21	강진군 버스터미널~ 영암군 버스터미널	국도 2호선	24.7	6:20	맑음	09:00 강진 출발 15:20 영암 도착
3	9.3	영암군 버스터미널~ 나주시 영산포 버스터미널	국도 13호선	23.3	6:30	맑음	09:00 영암 출발 15:30 영산포 도착
	9.4	나주시 영산포 버스터미널~ 광주광역시 첨단지구	국도 13호선	34.0	9:30	맑음	08:00 영산포 출발 17:30 광주과학기술원 도착
4	9.13	광주광역시 첨단지구~ 전북 순창군 버스터미널	국도 24호선	39.8	12:10	맑음	08:00 광주과학기술원 출발 20:10 순창 도착
	9.14	전북 순창군 버스터미널~ 임실군 버스터미널	국도27, 30호선	35.6	12:00	맑음	06:30 순창 출발 18:30 임실 도착
	9.15	임실군 버스터미널~ 진안군 버스터미널	국도 30호선	30.4	11:00	맑음	06:30 임실 출발 17:30 진안 도착
5	10.23	진안군 버스터미널~ 진안군 용담면 송풍	국도30, 13호선	29.4	8:00	맑음	06:00 진안 출발 14:00 용담면 송풍삼거리 도착
6	11.26	진안군 용담면 송풍~ 금산군 버스터미널	국도 37호선	17.0	5:50	맑음	09:40 용담면 송풍삼거리 도착 15:30 금산 도착
	11.27	충남 금산군 버스터미널~ 옥천군 버스터미널	국도 37호선	28.5	7:10	맑음	08:20 금산 출발 15:30 옥천 도착
7	2012. 4.15	옥천군 버스터미널~ 보은군 버스터미널	국도 37호선	32.0	8:00	맑음	07:20 옥천 출발 15:20 보은 도착

회차	일정	구간	도로	거리 (km)	소요 시간	날씨	비고
8	5.12	충북 보은군 버스터미널~ 청원군 미원면 미원	국도 37호선	20.0	5:20	맑음	07:10 보은 출발 12:30 미원 정류장 도착
	5.13	미원면 소재지~ 괴산군 버스터미널	국도 37호선	26.4	6:40	맑음	05:30 미원 출발 12:10 괴산 도착
9	5.19	괴산군 버스터미널~ 충주시 버스터미널	국도19, 3호선	36.5	9:20	맑음	08:00 괴산 출발 17:20 충주 도착
	5.20	충주시 버스터미널~ 원주시 귀래면 운남	국도 19호선	26.4	6:00	맑음	06:30 충주출발 12:30 운남정류장 도착
10	5.26	강원 원주시 귀래면 운남~ 원주시 버스터미널	국도 19호선	21.1	5:20	맑음	09:20 운남 출발 14:40 원주 도착
	5.27	원주시 버스터미널~ 홍천군 버스터미널	국도 5호선	47.7	13:10	맑음	05:50 원주 출발 19:00 홍천 도착
	5.28	홍천군 버스터미널~ 인제군 버스터미널	국도44, 46호선	54.1	14:00	맑음	05:00 홍천 출발 19:00 인제 도착
	5.29	인제군 버스터미널~ 북면 용대리 진부령	국도44, 46호선	33.0	10:50	맑음	06:00 인제 출발 16:50 진부령 도착
	5.30	북면 용대리 진부령~ 고성군 간성읍 장신	국도44, 46호선	13.2	3:30	비	05:30 진부령 출발 09:00 장신 정류장 도착
11	6.17	고성군 간성읍 장신~ 현내면 배봉 (출입신고소)	국도46, 7호선	26.1	8:00	맑음	05:30 장신 정류장 출발 13:30 배봉 통일전망대 출입신고소 도착
계		11회차 22구간	-	654	-		완주

※ 참고
o 구간거리는 인터넷 다음지도의 길 찾기에서 측정한 거리이며
o 네비게이션 설정거리와 거의 비슷하지만 약간의 차이가 나는 곳도 있음.
o 소요시간은 중간에 쉬어가는 시간과 식사 시간을 포함한 출발해서 도착까지의 시간임.

PART 2

국도1호선 종주

―――

목포에서
임진각까지

―――

목포에서 무안까지

국도1호선 출발

새로운 도전을 계획하고 그것을 실천에 옮길 때면 잔잔하게 설레는 마음과 가슴 뭉클한 기대감에 무슨 배짱인지 모르지만 할 수 있다는 자신감이 묻어난다. 목포터미널을 배경으로 인증 샷을 남기려는데 나이가 지긋하신 택시기사님 두 분 모두 스마트폰 사진을 찍어 본 적이 없다며 손사래를 치면서 뒷걸음질이다. 문화 혜택은 누리며 살아야 한다는데 초등학생들도 사용하는 편리한 스마트폰을 활용하지 못하는 안타까운 세대의 단면을 보는 것 같다.

1번 국도를 따라

손님을 태우기 위해 두 줄로 늘어선 터미널 앞 택시들 사이를 빠져나와 무안방면 1번 국도를 따라 기분 좋게 출발한다. 상큼한 아침 햇살은 유달산이 품고 있는 조각공원을 보란 듯이 환하게 비춰

118

준다. 대로변에 현수막 게시대와 홍보 게시판을 나란히 설치하여 '멋과 낭만이 있는 도시 목포'라는 슬로건과 '풍요롭고 살기 좋은 목포 건설'이라는 시정목표를 자연스럽게 알리면서 편리하게 이용할 수 있도록 설치한 시설물이 깨끗한 도시미관에도 잘 어울리는 것 같다.

형제 석재공장 도로가에 서 있는 부엉이 남매 조각상이 아침 인사를 건넨다. 목포IC를 지나 영산로를 따라가다 고즈넉한 언덕길에 육교가 있는 노재동 지산마을 앞에서 쉬어간다. 이곳은 광주민주화운동 당시 계엄군이 시위대의 이동을 차단하기 위해 저지선을 설치했던 곳으로 5.18민중항쟁 사적지임을 알리는 안내표지석이 서 있다.

국립 목포대학교가 있는 무안군 청계면 소재지를 지나는 길에 맛있는 점심을 선택해야겠다는 짧은 고민 끝에 자장면을 선택했는데 기대가 크면 실망도 크다고 했던가? 간판은 일미인데 맛은 별로다. 식당 아주머니는 낙지를 파느라 여념이 없다. 세발낙지 1접^{20마}리에 8만 원인데 없어서 못 판다고 야단이다. 바닷물이든 비닐봉지에 산소를 주입하고 스티로폼 박스에 담아 보내면 서울에서도 싱싱한 무안 세발낙지를 맛볼 수 있다고 한다.

하고 싶은 일을 하며 사는 행복

돌멩이로 치장한 독특한 건물의 수석전시관을 구경하는데 주인장의 외모가 범상치 않아 보인다. 자신을 미친놈이라 소개하고 방

무안 천정리 팽나무와 개서어나무 숲 - 천연기념물 제 82호. 면적 5,544㎡.
마을 앞 국도변에 따라 서 있는 나무들로 수종은 팽나무가 66그루, 개서어나무가 20
그루, 느티나무가 3그루이고 수령은 모두 500년 정도로 추정되고 있다.

송에도 출연한 경험이 있다며 수석과 서화를 비롯해서 고문서 등
온갖 잡동사니까지 설명을 아끼지 않는다. 남들이 어떻게 생각하
든 열정을 가지고 좋아서 하고 싶은 일을 하면서 사는 것이 행복이
아닌가 싶다.

　청계면 태봉마을 느티나무 숲에는 정자가 있고 개울물이 흘러
운치가 있고 쉬어가기 좋은 곳이다. 무안군에서 지정한 수령이 550
년 된 보호수가 마을의 역사를 말해주는 것 같다. 도로 건너편에 장
승과 솟대 등 민속품을 제작하는 특이하게 지어진 황토집 건물은
사람도 없고 왠지 어수선한 분위기가 마을과 어울리지 못하는 느

낌이다.

태봉교차로 갈림길에서 무안로를 따라 접어들면 도로를 따라 팽나무와 개서어나무가 군락을 이루고 붉은 영산홍이 만개하여 아름다운 경관을 연출한다. 지난해 해남 땅끝을 출발하여 강원도 고성 통일전망대까지 걸으면서도 보았던 국도변 경관 중에 손꼽을만한 풍경인데 우리 곁에 있다는 것이 무척 자랑스럽다.

옆에 있는 밭에서는 힘들게 일하시는 부모님을 돕겠다고 일을 거드는 자녀들의 부지런한 손놀림이 기특한 듯 그 모습을 정겹게 바라보는 부모의 얼굴엔 미소가 가득하다. 마음은 얼마나 뿌듯할까? 주변의 경관만큼이나 아름다운 가족의 모습이다.

무안 초당대학 교문 앞에서 버스를 기다리는 학생들의 모습에서 유쾌하고 발랄한 젊음을 느낄 수 있다. 졸업 후 취업을 못해서 허덕이는 안타까운 청춘들과는 또 다른 모습이다. 정문 앞에 전투기 모형이 이채롭게 보인다. 터미널 인근에 있는 5일장과 낙지 골목 구경에 나섰다.

오늘이 마치 장날이라서 많은 사람이 붐비고 도로 양쪽은 노점상이 점령한 가운데 이곳에서도 뻥튀기 장수는 여전히 인기를 누리고 있다. 장날인데도 시장 안쪽의 장옥은 거의 비워두고 햇볕이 따가운데도 노점에서 장사를 한다. 재래시장의 불량한 환경과 비좁은 공간에서 벗어나 사람통행이 많고 장사가 잘되는 노점을 선호하는 것 같다.

무안에서 나주까지

누구나
완벽할 수는 없는 모양이다

아침안개가 자욱하게 깔려 멀리 보지 말고 가까운 것만 보고 가라고 한다. '군민 위한 감동행정 잘사는 행복 무안'이라는 군정 구호 아래로 지역의 특산품인 양파조형물이 시선을 끈다. 담장이 없는 무안군청 정문 화단에 붉게 피어난 연산홍과 건물 외벽에 부서명을 표시해서 민원인이 해당 부서를 쉽게 찾을 수 있도록 배려한 부분이 돋보인다.

함평천지 남도노동요

광주~무안 국제공항 간의 고속도로와 서해안 고속도로가 교차하면서 이제는 광주~목포 간 국도의 통행량이 많이 줄었다는 느낌이 든다. 함평군 학교면 사거리에서 쉬어간다. 제5회 함평 나비축제 홍보를 교통표지판을 활용한 아이디어가 돋보인다. 인근 함평

함평 엄다면 남도 노동요 조형물

역에서 열차이용 안내방송이 들려온다. 무궁화호 열차가 경남 하동, 진주, 마산, 창원 방면으로 운행한다는 사실도 알게 되었다. 내 고향 영광에는 기차역이 없기 때문에 그동안 관심 밖에서 살아왔던 것 같다.

엄다면 해정사거리에서 1977년 지방무형문화재로 지정된 남도 노동요 조형물을 만났다. 남도의 젖줄 영산강 굽이굽이 풍요로운 곡창지대를 이룬 함평천지에서 오래전부터 전해 내려오는 농민들의 슬기와 애환이 담긴 노랫가락으로 이곳 엄다면에서 매년 7월 백중날을 기해 오늘날까지 전승 보존해오고 있다고 한다.

나주시와 경계를 이루는 고막천 소공원

학교^{학다리}사거리를 지나 함평역과 국도를 가로지르는 육교를 만난다. 육교에 함평군의 자랑인 나비를 형상화한 디자인을 반영한 아이디어도 좋았지만 나비축제를 알리는 현수막과 조형물이 잘 어울리는 작품 같아서 거부감 없다.

죽정리 도로변에 옛날 짜장 집이라는 간판에 끌려 들어선다. 천장에 매달린 화장실 안내가 기발하다. T셔츠에 오동광^{똥광}을 그려 놓고 '체중감량실→'이라 표시되어 한참을 웃었다. 주인아주머니께서 고속도로가 생기면서 장사가 잘 안된다고 푸념이다. 몇 년 전만해도 한 사람을 더 써야 했는데 이제는 한 사람을 돈 벌로 내보내야 할 형편이란다.

학다리 중앙초등학교가 폐교되어 지금은 교문에 붙은 경고문이 학교를 지키고 있다. 교정에 서 있는 노거수만 보더라도 중앙초등학교라고 하면 주변 학교들과 비교하면 역사가 깊은 것이 특징인데 학생 수가 줄어서 결국은 폐교에 이르는 농어촌 학교들의 시대적 흐름을 비켜갈 수는 없는 현실이 안타깝다.

넓게 터를 잡은 함평 천지휴게소 주변 화단에 연산홍과 철쭉꽃이 어우러지게 피어나 아름다운 경관을 연출하고 도로변 절개지를 뒤덮고 있는 등나무 꽃향기가 도로를 가득 채우고도 넘친 듯이 바람을 타고 마중을 나온다. 꽃향기에 취해서 감탄사를 연발하는데 동행하는 아우님은 비염 때문에 향기를 느낄 수 없다고 한다. 누구나 완벽할 수는 없는 모양이다. 그래서 성인군자가 아닌 인간으로 살아가는가 보다.

고막교 옆에 소공원이 아름답게 조성되어 시선을 끈다. 고막천에는 강태공들이 낚싯대를 드리우고 물고기와 신경전을 벌이는지 꼼짝도 하지 않고 앉아있다. 함평군과 나주시의 경계를 이루는 고막교를 건너 특산품 나주배가 유명한 고장답게 나주배 조형물이 '환영합니다. 희망의 나주'라는 인사말로 일행을 맞이한다. 문평 일반산업단지를 지나는데 휴일이라서 그런지 조용한 느낌이다.

민속품 경매

신걸산 자락 가운삼거리에 있는 나주민속 경매장에서 민속품 경매광경을 구경하는데 재미도 있지만 구경거리가 많아서 좋다. 매주 일요일 12시부터 경매장 밖에서 외부경매가 이루어지는데 가격은 1만 원부터 다양하고 대부분 10만 원 이내에서 가격이 결정되고 2시 이후부터는 경매장 안에서 내부경매가 진행된다. 골동품부터 도자기, 그림, 수석, 외국에서 들여온 예술품까지 다양하게 거래되는데 하루 종일 있어도 지루하지 않을 것 같다. 경험 삼아서 난생처음 경매에 참여해 하회탈 액자를 17만 원에 낙찰을 받았다. 욕심이 나서 약간 오버한 것 같은데 기분은 좋다.

'천년고도 목사골 나주' 표지석과 인사를 나누고 향교를 지나 시외버스터미널 근처 누문거리에 있는 금성관과 망하루, 동헌의 출입문 정수루와 조선 시대 나주목사가 기거했던 살림집 금학헌까지 두루 살펴보았다. 근처에 나주곰탕으로 유명한 하얀 집은 친절과는 거리가 먼듯한데 여전히 손님들이 줄을 서서 순서를 기다리고 있다.

나주에서 광주까지

부지런하면 이자를 낳고
게으르면 연체를 낳는다

나주시외버스터미널은 정면에 상가건물이 가로막고 있어서 답답한 느낌이고 상가 주변에는 전선과 통신선 등이 무질서하게 너부러져 있어서 잘 정비된 상가 간판과는 반대로 미관을 해치고 있다. 지방자치단체에서 국비지원을 받아 시행한 대다수 간판정비사업과 간판이 아름다운 시범 거리 조성사업들이 한전과 협의하여 전선 지중화 사업을 병행하지 않으면 큰 효과를 볼 수 없다는 생각이다.

나주의 재래 시장

맑은 날씨인데도 태양이 구름 속에 숨어 보름달처럼 보인다. 현대식 건물과 재래시장의 장옥의 이미지를 살린 나주 목사골 시장을 둘러본다. 깨끗한 상설매장과 5일시장 장옥이 구분되어 있고 야

생명의 문, 나주의 풍요와 미래를 잉태한 알을 형상화하였다.

외공연장과 넓은 주차장까지 완비한 새로운 형태의 시장모델을 제
시하는 것 같다.

　나주대교를 중심으로 양쪽으로 조성한 소나무 가로수 경관이 생
명의 모태인 알을 형상화한 '생명의 문'과 '생명의 땅' 조형물과 조화
를 이루고 영산강 유역을 한눈에 바라볼 수 있는 전망대가 있기에
머지않아 아름다운 경관으로 환영받을 수 있을 것으로 기대된다.

　금천면 소재지를 지나면서 첨성대를 재현해 놓은 전라남도 과학
교육원 맞은편에 재미있는 간판이 눈에 띈다. '보기만 하면 뭐하요
먹어 봐야제' 주인아주머니의 말투를 그대로 옮겨 쓴 것인데 우리

생명의 땅, 나주의 특산물을 조각하여 역사와 문화를 나타내고자 하였다.

일행처럼 낚이는 손님들이 많다고 한다. 찐빵과 만두가게인데 종류가 다양해서 뭘 선택할지 망설여진다. 왕만두를 뱃속에 담아가고 옛날 찐빵은 배낭에 담아간다.

　도로변에 있는 나주 배 박물관을 관람하려고 들어서는데 반가운 얼굴이 반겨준다. 교육원에서 6개월간 중견간부반 과정을 함께 이수한 조성은 담당이 일직근무 중이라고 한다. 기념으로 방명록에 서명도 남기고 나주배에 관한 지식도 쌓은 느낌이다. 배를 처음 재배하기 시작했다는 명성에 걸맞게 주변은 온통 배 밭이다.

남평읍에서 국밥 한 그릇

점심시간 무렵에 남평읍에 도착했다. 국밥집에 들러서 점심도 해결하고 한때 전성기를 누렸던 남평 우시장에 관한 얘기를 들을 수 있었다. 해방 후로 70년대까지도 유명했던 우시장이 지금은 쇠퇴하여 없어지고 5일시장도 예전에 비하면 아무것도 아니라고 한다. 오늘이 마치 장날이라서 시장구경에 나선다.

지난주에 무안 5일장에서 보았던 뻥튀기 장수가 여기서도 인기가 많다. 선휘 아우가 영광 장날에도 가끔씩 본다며 "부지런하면 이자를 낳고 게으르면 연체를 낳는다"며 한마디 거든다. 어디서 귀동냥한 말인데 매우 현실적인 말이라서 기억에 남는다고 한다. 선량한 사람은 주워듣는 것도 일용할 양식이 되는가 보다.

몇 년 전에 불우한 환경을 비관하며 방황하는 소년가장을 뒷바라지하여 학업을 마칠 수 있도록 했던 선행이 지역신문에 소개되면서 지인들로부터 많은 찬사를 받았던 아우인데 장기교육도 함께하고 인생 여정의 한 페이지를 함께 채워갈 수 있어서 우리 인연도 보통 인연은 아닌가 싶다.

광주 입성

어느덧, 나주시 남평읍과 광주광역시 남구 이창동의 경계인 한두재에 도착했다. 고갯마루에 위치한 주유소는 폐업한 상태이고 잘 지어진 한옥건물의 휴게소는 정성스럽게 가꾼 화단이며 주변 경관이 아름다운데 식당은 불황을 이기지 못해 휴업하고 휴게소만 운영하고 있는데 장사가 시원치 않은 듯 주인아주머니의 표정이 어둡다.

행남사거리 주변에 비닐하우스가 도로 양쪽으로 들어서면서 새로운 화훼단지가 형성되고 다양한 볼거리를 제공한다. 국도 확장 포장 공사가 한창 진행 중에 있어서 어수선한 분위기다. 인근 효천역 주변 도로는 주차된 차량들이 점령하고 기차여행을 떠난 주인을 기다리고 있다.

광주대학교 교차로부터 백운교차로까지 최근 몇 년 사이에 많이 발전한 모습이다. 한적한 국도를 걷다가 도심에 들어서면 많은 사람들의 움직임 속에서 생동감을 느낀다. 물건을 하나라도 더 팔아보려고 목청을 높이는 사람과 개의치 않고 무심코 지나치는 사람들 틈에서도 흥정과 거래는 이뤄진다.

새롭게 단장한 남구청 청사를 둘러보고 광천동 종합버스터미널로 향한다. 터미널 인근 백화점 주차장 난간에 세워둔 예쁜 자전거들이 시선을 끈다. 기능과 디자인이 과거와는 많이 달라진 느낌이다. 터미널 광장에는 많은 인파가 운집하여 빛고을 청소년 문화존 선포식 행사를 진행하고 있다.

광주에서 장성까지

세상 모든 것은
진리대로 나아간다

광천터미널 건너편 아파트단지 옆으로 조성된 녹지경관이 5월의 푸르름을 가득 안고 아름다운 경관을 연출한다. 광주천을 가로지르는 고가도로를 건너 문화예술회관 앞 네거리 소나무 조경수가 유달리 아름다운 자태를 뽐내는 것 같다. 주민들이 세운 운암동 황계로黃鷄路 유래비가 시선을 끈다. 구름 위에 솟은 바위산에서 운암리라는 마을 유래와 인근 지형이 풍수지리상 닭이 알을 품고 있는 '황계포란형' 명당터라서 황계면이라는 지명을 얻었고 2000년 9월 9일부터 시행하는 새 주소 사업 일환으로 황계로라 명명했다고 한다.

드라이브 스루

새로운 형태의 맥도날드 햄버거 가게drive thru를 발견했다. 2011년 9월에 미국연수과정에 보았던 자동차를 타고 햄버거를 주문하고 건물을 돌아 나오면서 받아가는 장거리 여행자들이 편리하게 이용할 수 있는 형태의 햄버거 가게인데 동네 가게 형태로 운영되는 것 같지만 아무튼 이곳 광주에도 입점에 성공한 것 같다. 동림동 아파트단지 벽화가 인상적이다. 주민들의 여론을 반영하여 무등산의 자연을 소재로 자연과 인간의 어울림을 이미지 벽화와 칼라 스틸 부조로 표현했는데 일반적인 페인트 벽화와는 차원이 다른 경관작품으로 보인다.

첨단지구와 신창지구를 경계로 국도 1호선이 이어지고 장성군 남면 덕천교차로에서부터 벚나무 가로수 길이 그늘을 제공한다. 여행하기 좋은 계절인 만큼 가끔씩 대열을 갖추어 달리는 바이크 오토바이 동호인들이 부럽게 느껴진다. 우리는 한 달을 걸어야 할 거리를 저들은 하루 만에 갈 수 있다는 생각을 하니 억울한 생각도 들고 왠지 손해 보는 느낌도 든다. 하지만 도보여행의 즐거움 중의 하나가 먹는 즐거움이 아니겠는가? 돌솥 밥을 해주는 식당에서 뜨끈한 추어탕으로 마음을 달래고 나니 어느새 부러움은 사라지고 맛집으로 추천하고 싶은 의욕마저 넘친다.

커피 한 잔의 여유

배도 부르고 커피 한 잔의 여유까지 누려본다. 세상 모든 것이 마음대로 되는 것도 아니고, 또 억지로 한다고 해서 되는 것이 아니듯, 모든 것은 순리대로 풀려야 하고 진리대로 나아가는 것 같다. 그래서 사람들은 진실은 언젠가 밝혀지길 바라고 정의는 살아있다

장성시외버스 터미널

고 믿고 싶은 모양이다. 그럼 나는 어떤 사람인가? 내 생각만으로 행동하고 말하며 배려라는 단어를 잊고 지내지는 않았는지, 남의 불행마저도 내게 조금이라도 손해가 되면 모른 체하고 지나치지 않았는지, 이익을 찾아 우정을 옮겨 다니는 사람은 아니었는지 되돌아본다. 바이크를 타고 달리면서도 이런 상념에 젖어볼 여유가 있을까?

　장성군 진원면과 장성읍의 경계를 이루는 못 재에서 쉬어간다. 과거에는 이곳으로 호남고속도로와 국도가 지나갔는데 지금은 양쪽으로 못재터널이 뚫리면서 옛길로 남아있다. 정상으로 불어오는 시원한 바람을 맞으며 이번 여행에 선휘 아우와 동행할 수 있어서 얼마나 다행인가 싶은 생각이 든다. '빨리 가고 싶으면 혼자 가라. 그러나 멀리 가고 싶으면 함께 가라.'는 아프리카 마사이족의 속담을 되새기며 먼 길을 혼자 여행할 때 느끼는 외로움도 달래고 대화를 할 때면 매사에 긍정적인 사고방식은 배울 점이 많은 것 같다. 그렇듯이 보다 현명하고 친절하며 나와 다른 사람들이 있기에 내가 발전할 수 있는 것이다.

장성 황룡시장 구경에 나선다. 재래시장 정비사업을 통해 깨끗하게 단장된 장옥들 사이로 닭전머리 아주머니만 바쁘게 움직이는 모습이다. 장성 5일장은 4일과 9일에 장마당이 열린다고 하는데 장날이면 제법 많은 사람들이 모여든다고 한다. 시장구경을 마치고 지하차도를 건너 장성읍을 관통하는 영천로를 따라 오랜만에 찾아온 장성터미널은 과거의 풍경과는 달리 한산하고 여유로운 모습이다. 주변 상가들은 전선 지중화 사업과 간판정비 사업을 통해 깔끔하게 정비되어 옛 모습은 찾아보기 어려울 정도로 변화의 바람을 맞이하고 있다.

화기만당
사랑의 쌀뒤주

장성터미널에서 북동쪽으로 국도 1호선을 따라나선다. 장성군청 앞 가로화단의 소나무 경관이 답답한 도심의 숨통을 터주는 느낌이다. 아름다운 백양사를 비롯해서 매력 넘치는 장성 8경을 소개하는 홍보판이 관심을 끈다. 장성읍 소재지에서 1.5Km 지점에 湖南名勝鈴泉호남명승영천 오동촌 입구 표석이 서 있다.

영천 샘

오동촌 마을에 영천이라는 샘이 있는데 국가의 길흉대사가 있으면 이를 예견하여 물의 색깔이 변한다고 한다. 동학 농민운동과 6·25전쟁이 일어났을 때도 샘물이 붉은색으로 변했다는 이야기가 전해져온다. 장성중학교 운동장에서는 젊은 청춘들의 축구경기가 한창이다.

도로시설물에 삼남길 안내포스터와 진행방향 표시가 길을 안내한다. 코오롱 스포츠에서 '해남^{땅끝}에서 서울^{남산}까지 아름다운 도보여행'이라는 제목으로 개척한 삼남길 구간이다. 제주도의 올레길과 지리산 둘레길에 이어 새로운 도보여행 길이 탄생된 것이다.

성산리 동산공원에서 쉬어간다. 일제강점기 때에는 신사참배를 하던 곳인데 지금은 공원으로 이용하고 공원입구 양쪽으로 조선시대에 이 고장에서 관찰사, 부사, 현감 등을 지낸 관리 중에서 선정을 베푼 이들을 기리기 위해 백성들이 세운 선정비와 불망비를 모아놓았다고 한다. 우리 시대의 바람직한 공직 상을 일깨워주고 있다.

자전거로 매일 40Km를 달리며 운동을 하신다는 할아버지께서 일제 강점기에 군대를 다녀왔다며 이곳의 변천사를 자세히 설명해주신다. 주변에 귀목 나무가 울창했는데 6·25전쟁 이후로 달구지와 장롱 등을 만드는 업자들이 관리들과 결탁해서 모두 베어버렸다며 못내 아쉬워하신다.

하이킹 할아버지

월성삼거리에서 자전거 하이킹을 즐기는 74세 할아버지 일행을 만났다. 광주에서 출발해서 병풍산과 불태산 사이의 한재골을 넘어왔다고 한다. 일행 중에서 한 분은 바퀴가 작은 여성용 자전거라서 장성을 거쳐 광주까지 갈려면 따라다니기 힘들겠다는 생각이 든다.

장성 단전리의 느티나무(천연기념물 478호) 우리나라에서 가장 크고 오래된 괴목(槐木)으로 문화재청의 보호를 받고 있다.

　주변에는 이양기를 이용해서 모내기가 한창이다. 주전자 모형의 특이한 건축물이 카페로 운영되다 망했는지 관리가 제대로 안 되고 있는 것 같다. 간판을 비롯해서 주변에 설치작품들이 예술가의 솜씨 같은데 방치되고 있는 것 같아서 안타깝다.

　우리나라에서 가장 크고 오래된 노거수로 알려진 단전리 느티나무 정자에서 쉬어간다. 문화재청에서 직접 관리하는 보호수에 공사와 관련하여 장비 및 작업원의 접근을 금지한다는 안내판이 서 있다. 이 느티나무는 조선 선조1567~1608 때 절의공 김충남이 임진왜란 때 순절한 친형 김충로를 기념하기 위해서 심었다고 전해진다.

산처럼 물처럼

새로운 국도를 개설하려고 공사가 한창 진행 중이다. 국립공원이고 가을에는 애기단풍으로 유명한 백양사 입구 북하사거리 근처에 있는 카페 겸 음식점 '산처럼 물처럼'에서 분위기도 느껴보고 점심도 때울 겸 쉬어간다. 이번 도보여행이 끝나면 다시 찾고 싶은 마음에 방명록에 기록을 남긴다.

장성호 수상스키장에는 때 이른 여름을 즐기는 젊은 청춘들이 물살을 가르고 장성호 관광지로 조성된 공원 주변으로 가족 단위 나들이객들과 연인들의 데이트가 이어진다.

장성군 북하면과 북이면의 경계지점 곰재 정상을 넘어선다. 작은 쉼터와 벽화가 있는 자라뫼 마을에 들어섰는데 뜻밖의 낯선 이방인들이 '고향이 어디세요?'라며 말을 걸어온다. 어디서 왔냐는 뜻으로 알아듣고 대답을 했더니 우리말을 제법 잘 알아듣는 눈치다. 인근 한남세라믹이라는 그릇 제조업체에서 일하는 동남아에서 온 산업연수생들이 쉬는 날 마을구경에 나섰다고 한다.

고즈넉한 고갯마루를 넘어서니 찔레꽃이 만개하여 길손을 반긴다. 북이면사무소 화단에 '면민이 서로 화합하면 집집마다 복이 저절로 찾아오리라'는 화기만당和氣滿堂이란 휘호가 눈에 띈다. 출입문 한쪽에 '사랑의 쌀뒤주'가 있어서 들여다보았더니 꼭! 필요한 만큼만 가져가라는 글귀와 함께 비닐봉지와 쌀이 준비되어 있어서 짧은 시간에 많은 생각들이 지나간다.

장성에서 백양사역 까지는 지방도를 따라 직진하면 가까운 거리

오현 자라뫼 마을 벽화

인데 장성댐을 중앙에 두고 국도를 따라 우회하다 보니 훨씬 먼 길을 돌아서 왔다. 원래 있던 국도는 수몰되고 댐을 건설하면서 우회해서 개설했다고 한다. 목적지에 도착해보니 동행하는 선히 아우님 와이프께서 마중을 나와 계신다. 영광에서 오셨다는데 덕분에 버스를 갈아타는 불편도 덜고 쉽게 귀가할 수 있어서 좋다.

옛 전설들과 소통하는
여정길

한가로운 일요일 아침이다. 백양사역 앞에 세워진 삼남길과 갈재길 지도를 살피고 출발한다. 묘동마을 애향표석에 고향을 사랑하는 어느 출향 인사의 애틋함이 묻어있다. 정읍~원덕 간 도로건설공사가 한창이고 다른 지역과 비교될 정도로 철도와 고속도로와 국도가 거의 나란히 달린다.

백양사역에서 출발

갈재 중간지점에 아름다운 남도의 정취 속에 곱디고운 옛 사연 이어지는 갈재길 안내판이 우리가 서 있는 위치를 알려준다. 갈재길은 백양사역을 출발해서 갈재를 넘어 입암면사무소까지 9.8Km의 트레킹 코스로서 조선 시대부터 근대에 이르기까지 역사와 소통하며, 아름다운 옛 전설들과 소통하는 여정길이라고 소개하고 있다.

　고갯길 모퉁이로 내려다보이는 원덕터널이 순간 콧구멍처럼 보여서 웃음을 감출 수 없었다. 자동차를 타고 달릴 때에는 장엄하고 때로는 웅장한 느낌의 터널이 경우에 따라 콧구멍으로도 보이는 것은 마음의 움직임에 따라 느낌이 달라지기 때문일 것이다.

　전라남도와 전라북도의 경계지점인 해발 220m 갈재 정상에서 사진을 찍어줄 사람이 없어서 반사경을 이용해서 기념사진을 남긴다. 정상 안부에 통일공원이 조성되어 길손들이 잠시 쉬어가기 좋은 곳이다. '역사와 문화가 살아 숨 쉬는 도시' 정읍시에 들어선다.

　신월삼거리를 지나면서 입암저수지와 입암산 갓바위를 배경으로 경관이 아름다워 카메라를 들이대지만 뿌옇게 내려앉은 연무 때문에 사진이 별로 맘에 들지 않는다. 입암면사무소 앞에 서 있는 간판을 보고 양조장이 있다는 기대감에 골목으로 들어서는데 왕년의 북적대던 막걸리 공장의 정취는 간데없고 어렵게 매실 막걸리로 맥을 이어가는 모습이다.

　정원이 잘 가꿔진 집을 기웃거리다 마당으로 들어서는데 깜짝 놀랄 정도로 많은 구경거리가 있었다. 나무는 나무대로 많은 종류의 나무가 집안 곳곳에서 자라고 있고 다리통만한 비단 인어들이 노닐고 공작새와 금계, 원앙, 오골계, 금수남, 금수녀 등등 작은 동물원을 구경하는 느낌이다. 아버님의 취미를 돕다가 정년퇴직을 앞둔 아들이 대를 이어가야 할 형편이라고 한다.

　슈퍼 아주머니께 근처 식당을 여쭤보고 '시골식당'이라는 간판을

입암저수지와 멀리보이는 입암산 갓바위

찾아가는데 손님들이 제법 많아 보인다. 상차림은 말 그대로 시골 밥상 정도이고 손님들은 인근 공사장 인부들과 근처에서 모내기를 하다가 식사하러 온 손님들이고 우리 두 사람만 뜨내기손님이다. 고속도로를 달리다 차바퀴가 잘못되어 죽을 고비를 넘겼다는 운전기사가 한참을 떠들어댄다.

입암면 왕십리 마을 정자에서 쉬어가려다 잠이 들었다. 웅성거리는 말소리에 일어나보니 마을 어르신들이 모처럼 마을에 젊은이들이 찾아왔다면 반겨주신다. 마을에 순흥 안 씨들이 많이 살고 있으며 교직에서 퇴직하신 선생님이 봉사하는 마음으로 이장을 맡아

정읍역

서 마을 일을 보고 있다고 한다. 귀가 잘 안 들린다는 할아버지께서
묻지도 않은 대답을 해주시는 바람에 마을의 이런저런 얘기를 들을
수 있었다.

샘고을 정읍

정읍 외곽에 있는 과교삼거리 인근 도로변 담장에 동학농민혁명
5대 지도자 중의 한 분인 '손화중 장군의 생가터'라는 안내판이 서
있다. 집안을 들여다봤더니 인기척은 없고 촌닭들이 집을 지키고
있다. 전라도 서남부 지방에서 명성을 떨치다 1895년 동학농민혁

명 주요지도자들과 함께 교수형으로 최후를 마쳤다고 한다.

구시장 교차로를 지나 '샘고을 시장' 조형물을 보고 구경삼아 시장으로 들어선다. 초선로 양쪽으로 사람들이 통행하도록 만들어진 인도에 비가림 시설을 하고 노점을 허용한 것인지 상인들이 인도를 점령하고 장사를 하는 것인지는 모르겠지만 특이한 경우인 것 같다. 군 지역의 재래시장과는 비교가 될 정도로 시장을 이용하는 사람들이 많고 생동감이 느껴진다.

정읍의 중심 중앙로는 전선지중화공사로 가로환경이 잘 정비되어 도심이 깨끗해 보이는 반면에 터미널 주변은 기대에 미치지 못하는 어수선한 분위기이고 한쪽에서는 건물신축공사가 한창이다. 터미널 인근 연지시장 구경에 나선다. 전통시장으로 알려진 곳이지만 샘고을 시장과는 반대로 손님은 거의 없고 쇠퇴일로를 걷고 있는 시골의 전통시장과 비슷한 실정인 것 같다.

지역마다 아름다운 경관과 문화재 등을 소재로 8경을 소개하는 것이 일반적인데 이곳에서는 자연과 문화와 역사가 살아 숨 쉬는 정읍구경九景을 소개하고 있다. 1경 내장사 단풍, 2경 사계절 꽃피는 아름다운 옥정호, 3경 동학농민혁명 기념관, 4경 정읍사 공원, 5경 정읍천, 6경 조선 시대 전형적인 상류층 가옥 김동수 가옥, 7경 전봉준 공원, 8경 백정기 의사 기념관, 9경 충무공 이순신 장군 영정을 봉인한 사당 충렬사 공원이 있다.

소털이재를 넘어가다

광주에서 정읍까지는 직행버스로 1시간 거리이다. 봄에는 벚꽃 나들이와 가을산행과 내장사 단풍 구경하러 가끔씩 다녀가는 곳이라 낯설지가 않다. 관광객이 한해평균 100만 명이 넘게 다녀가는 활기찬 도시 같은데 인구는 오히려 감소하는 고민을 안고 있다고 한다. 시내를 관통하는 정읍천이 내일의 희망을 이야기할 수 있어서 그나마 다행스럽다. 정읍대로를 따라 박동교차로까지 1시간가량 걸어야 도심을 벗어날 수 있다.

6월의 뙤약볕 아래

화해육교 근처를 지나다 고추밭에서 가족들이 함께 일손을 덜어주는 모습이 너무 보기 좋아 카메라에 담았다. 일요일에 부모님의 노고를 덜어드리기 위해 모인 가족들의 우애가 6월의 뙤약볕도 이기는 것 같다. 태인면 소재지로 가는 길목인 거산교를 건너자 영조 임금의 생모 숙빈 최씨의 설화와 관련된 만남의 광장이 조성되어 소공원으로 이용되고 있다.

설화의 내용은 조선 숙종 때 둔촌 민유중이 영광군수로 발령받아 이곳 대각교에서 쉬어가는 과정에 어린 소녀와 인연이 되어 데려가게 되고 나중에 내직으로 승진되어 서울로 데려가 딸이 왕비 인현왕후로 간택될 때 함께 입궁하여 인현왕후가 폐위되면서 나중에 후궁이 되고 훗날 영조임금의 생모가 되었다는 이야기인데 2010년 3월 숙빈 최씨의 파란만장한 생을 그린 MBC TV 드라마 '동이'가 인기리에 방영되기도 했다.

태인면사무소는 2층 건물인데 마주 보는 쌍둥이 건물처럼 독특한 구조로 설계되어 시선을 끈다. 거산평의 넓은 들판을 실감할 수 있는 끝없는 농로길이 인상적이다. 동화중학교 앞 도로변에 하마비下馬碑가 세워져 있다. 태인현의 소재지 관문인 이곳은 '하마삼거리'로 태인 고을을 지나가는 모든 사람은 타고 온 말에서 내려 예의를 갖추었다고 적혀있는데 누구에게 예의를 갖춘 것인지는 알 수가 없다.

피향정 정자

피향정 사거리에 보물 제289호로 지정된 호남 제일의 정자라는 피향정披香亭이 잘 보존되어 있다. 신라 시대 최치원 선생이 태산 군수로 재임 중에 이곳 연못을 돌면서 풍월을 읊었다는 전설이 있으

호남 제일의 정자, 피향정

나 창건연대는 확실치 않고 현재의 정자는 조선 시대 중기의 건물이라고 한다. 원래 이 정자의 앞뒤로 연못이 있어 아름다운 경승을 이루고 있었으나 현재는 뒤편 연못만 남아있다.

고천삼거리 정읍대로가 위로 지나가는 고가도로 밑에 쉬어갈 수있는 평상이 있어서 더위도 피할 겸 늘어지게 낮잠도 즐기고 여유를 부린다. 새로 건설된 정읍대로 옆으로 옛 도로인 정읍북로를 따라가다 백제도예 문화센타 구경을 하려는데 사람은 반응이 없고개 2마리가 번갈아가며 짖어댄다. 분위기가 왠지 썰렁하여 구경하고 싶은 마음이 사라지고 발길을 돌리고 만다. 동학농민혁명 유적

피향정의 하연지(下蓮池)

지 김개남 장군 묘역을 알리는 이정표가 길을 안내하는데 구경하
러 가기에는 너무 먼 거리다.

소털이재

　새로운 국도를 개설하면서 뚫린 솟튼터널 위쪽으로 옛 고개 소
털이재를 넘어간다. 이곳 사람들이 소를 팔고 돌아오다 도둑들에
게 돈을 털린 고개라고 해서 소털이재라고 부른다고 한다. 정상 모
퉁이에 터널이 뚫리면서 망해버린 건물이 초라한 이력을 내보인
다. 원래 주유소건물이 특산품 판매장으로 바뀌고 나중에는 삼겹

살 식당으로 변신을 거듭하다가 결국은 문을 닫고 앙상한 모습으로 새로 만날 주인을 기다리는 모습이다.

김제시 금산면 원평리 입구에 조성된 소공원에는 동학혁명의 주역 김덕명 장군 추모비를 비롯해 호국 지사의 추모비와 사당이 있다. 정읍에서부터 동학농민혁명과 관련된 유적지를 안내하는 표지판을 가끔 볼 수 있다. 공용터미널은 지나가는 시외버스가 잠시 정차해서 손님을 태우고 가는 무인정류장이다. 오늘이 장날이라고 해서 시장구경을 나서는데 물건을 사는 손님은 거의 없고 늦은 시간이라서 파장 분위기다.

동학농민운동

이번 기회에 '동학농민운동'에 대하여 공부해보자.

일단 동학농민운동의 배경부터 살펴보면 동학의 교조 최제우가 풍수 사상과 유·불·선의 교리를 토대로 사람이 곧 하늘이라는 인내천(人乃天)사상을 내걸고, 새로운 세계는 내세가 아니라 현세에 있음을 설파하여, 당시 재야에 있던 양반계급은 물론 가난에 시달리던 백성들에게 요원의 불길처럼 퍼져나가 커다란 종교 세력을 이루게 되었다.

그러자 조정에서는 교조 최제우가 세상 사람들을 속여 정신을 홀리고 세상을 어지럽힌다고 해서 혹세무민(惑世誣民)의 죄명으로 체포하여 1864년(고종 1년) 사형에 처하였다. 동학교도들이 그의 명예회복과 동학의 인정을 요구하는 신원운동(1892-1893) 을 벌였으나 뜻을 이루지 못하자 궐기하여 혁명에 호소하자는 강경론이 대두되었고, 이듬해 겨울 청산에서 전봉준이 궐기하였다. 이때 동학 2대 교주 최시형이 손병희를 동학군 총사령관격인 통령으로 임명하고 전라도로 진군해 전봉준 부대와 합세한다.

고부민란

결국, 1894년 1월에 고부(정읍)군수 조병갑의 횡포와 착취(만석보의 수세 강제징수)로부터 동학농민운동의 불씨가 되었고 전봉준 등이 고부관아를 점령하고 조정에서는 조병갑을 탄핵하고 안핵사 이용태를 파견하게 된다. 이것이 '고부 농민봉기'이다.

동학농민운동 1차 봉기

그리하여 다시 1894년 3월에 안핵사 이용태가 고부 농민봉기에 대해 악감정을 가지고 동학교도들을 탄압한다. 동학 농민군은 전봉준을 중심으로 남접 세력이 주도하여 나라님을 도와 국정을 보살피고 백성을 편안하게 하자는 보국안민(輔國安民)을 외치며 봉기

동학의 사회개혁 사상 · 전주박물관

한다. 이것을 '동학 농민군의 제1차 봉기'라고 하는데, 중요한 것은 이 봉기는 '반봉건적 성격'이라는 것이다. 동학 농민군은 황토현 전투를 승리로 황룡촌 전투에 이어 전주성까지 점령한다. 이에 고종은 동학 농민군과 타협하는 동시에 청나라에 원군을 요청하여 청나라가 아산만으로 지원을 오자 일본은 청나라와 맺은 텐진조약에 의해서 동시 출병하여 제물포항으로 들어온다. 조선 정부는 동학 농민군과 전주 화약을 맺고 동학 농민군은 자진해산하지만, 정부의 청·일 양군 철수요구에 일본이 반대하여 전주화약에 대한 약속을 지키지 않자 직접개혁을 실행한다.

전라도 지역에 다수의 집강소(농민 자치기구)가 설치되고, 동학 농민군 주도하에 폐정개혁 12개 조항을 실천했다. 정부와 동학교도의 화해와 동참, 부패한 지배세력 타도와 인재등용, 노비문서 불태우고 신분제도 타파, 청춘과부는 재혼할 수 있게 봉건적 폐습철폐, 농민부채 탕감과 토지의 균등 분배 등 그 당시에는 혁신적인 내용들이다.

청일전쟁

우리나라에 들어온 일본군이 청을 꺾고 조선을 통째로 삼키고 싶어 동학 농민군을 진압

하면서 어이없게 청나라 군대를 공격해 청·일 전쟁을 일으키고 준비를 철저히 한 일본군이 예상을 깨고 승리하여 본격적으로 조선을 삼키려 들었다. 계획대로 경복궁을 무력으로 점령하고 내정간섭에 들어가고 김홍집을 중심으로 친일내각을 구성한다.

동학농민운동 2차 봉기

일본이 조선을 삼키려 한다는 소식을 들은 동학군은 또다시 일어나는데 이것이 제2차 봉기이다. 여기서는 반외세적 성격이 강했고 2차 봉기는 1차 봉기와는 다르게 전라도 지방의 남접과 충청도 지방의 북접이 연합하여 논산에서 집결해서 10만 명에 이르는 대규모 부대가 공주 우금치에서 큰 전투를 벌였으나 신식무기로 무장한 일본군을 당해내지 못하고 패전하는 바람에 동학 농민군은 흩어지고 그사이에 전봉준과 지도자들이 체포되어 사형을 당함으로써 동학농민운동은 안타깝게 끝나고 말았다.

한편, 동학 2대 교주 최시형은 우금치 전투에서 일본군과 관군에게 대패 후 강원도 산속으로 피신한다. 관군의 추격을 피해 36년간의 도피생활을 이어가는데 '최보따리'란 별칭으로 불리게 된다. 그는 경주 황오리에서 태어나 포항에서 일자무식 농사꾼으로 생활했지만, 타고난 종교적 열정으로 2대 교주가 되었고 무서운 기억력으로 경전을 외워 이를 자기 사상으로 무르익혀 내놓았다. 도피생활 중에도 동학을 체계적으로 정비하고 전국으로 확산시키는 데 공헌한다. 하지만 1898년 강원도 원주에서 체포되어 서울로 압송된 뒤 순교한다.

동학농민운동의 성격과 한계

동학농민운동은 초기에 반봉건적 성격으로 개혁정치를 요구했지만, 후기에는 외세침략에 저항하며 반외세적 민족운동 성격이 강했다. 동학농민운동은 조선 정부의 갑오개혁과 의병운동에 영향을 주었지만, 근대 국가를 건설하기 위한 구체적인 방안을 마련하지는 못했고 근대 신무기로 무장한 일본군을 물리치는데 역부족이었다. 안타깝게도 우리 나라를 위해 일어난 민족운동인데 일본군을 불러들이는 계기를 마련해준 꼴이 되었다.

이후 동학은 어떻게 되었을까?

1895년 12월 최시형으로부터 손병희가 동학의 도통을 이어받아 3대 교주가 된다. 당연히 정부는 동학을 무지하게 탄압했고 손병희는 중국으로 망명을 떠나고 그사이 국내지도자 이용구가 일본에 아부하는 일진회와 대놓고 친일행위를 하는 바람에 화가 난 손병희는 1905년 동학을 '천도교'로 바꿔 부르고 1906년 귀국하여 이용구를 비롯한 친일인사 62명을 내쫓았다. 이후 천도교는 교육활동에 힘쓰다 3.1운동에도 민족대표로 참가하며 적극적인 활동을 했다.

아시나요?

어렸을 때 따라 부르던 노래가 동학 농민군과 관련이 있다는 것을?

새야 새야 파랑새야 / 녹두밭에 앉지 마라 / 녹두꽃이 떨어지면 / 청포장수 울고 간다.

파랑새는 푸른색 군복을 입은 일본군을 뜻하고, 녹두밭은 전봉준을 상징하며, 청포장수는 백성들을 뜻한다.

'동학농민군 진용'을 살펴보면

총대장-전봉준, 총관령-김개남/손화중, 총참모-김덕명/오시영, 영솔장-최경선, 비서-송희옥/정백현으로 알려져 있고, 동학농민군 5대장군은 전봉준, 김개남, 손화중, 김덕명, 최경선을 일컫는다. 이들은 공주 우금치 전투에서 패한 후 피신했다가 체포되어 1895. 1. 29 전봉준, 손화중, 김덕명, 최경선, 성두환 등의 농민군 지도자 대다수가 교수형으로 생을 마쳤다.

김제 원평에서 전주까지

마을을 지키는
당산나무

김제시 금산면 원평시외버스터미널을 3주 만에 다시 찾아왔다. 여름휴가를 맞아 짬을 냈지만, 장마가 계속된다는 소식에 마음이 편치가 않다. 아침 식사를 하면서 주인장으로부터 이곳 원평 장터에서도 3·1만세운동이 있었다는 얘기를 들었다. 지역적으로 동학농민운동과도 개연성이 많다는 생각을 했었는데 독립만세 운동 이야기를 듣고 보니 숙연한 느낌마저 든다.

원평교회를 지나며

아침나절 뿌리던 빗줄기가 멈추자 서둘러 출발한다. 초등학교가 있는 학평마을 앞 표지석이 교통 경찰인 양 도로변에 서 있고 골목길 맞은편에 100여 년 전 설립된 원평교회가 눈에 들어온다. 개인적으로 종교를 갖지 않았지만 외형에서 믿음의 역사와 전통이 있

서계마을 당산나무(수령 270년)

는 교회라는 느낌을 받고 보니 근대문화 유산으로 잘 관리되었으면 좋겠다는 생각을 해본다.

금산면 용산리 목우촌 공장 구내판매장에 들려서 시원한 에어컨 바람에 더위도 식히고 쉬어갈 요량인데 아주머니께서 시원한 커피까지 서비스해주신다. 안쪽에 있는 건물들은 돼지 돈육을 생산하는 공장이라고 한다. 고맙다는 인사말을 건네고 나오는데 길모퉁이 채송화가 마음씨 고운 주인을 닮아서인지 예쁘게 피어서 길손을 반긴다.

금구면 상신리 서계마을 느티나무 군락은 마을의 역사를 짐작게 한다. 마을 당산제를 지내는 듯 제단이 마련되어 있고 경로당에는 '도랑 치고 가재 잡던 서계마을 도랑 살리기 운동'이라는 현수막이 걸려있다. 수령이 250년 된 당산나무가 마을의 수호신처럼 자리를 지키고 임풍정林風亭 이라는 정자가 길손을 반기는 정겨운 곳이다. 매미들의 합창을 교향악 삼아 한참 쉬어가기 좋은 곳이다.

국도변을 따라

대화리 금촌마을 앞에는 일정한 간격을 두고 복숭아 노점상이 있다. 장사에 별로 소질이 없는 쉼터 아주머니께서 복숭아를 살 것처럼 맛을 본다며 실컷 먹고 그냥 가는 얌체족이 미워도 너무 밉다고 야단이다. 옆에 있는 고물상은 요즘 고철값이 떨어져서 죽을 맛이란다. 한때는 돈을 잘 벌었는데 놀음하고 바람피우다 부인이 약먹고 자살했는데 작은 각시 얻어서 그럭저럭 살고 있단다. 결국은 죽은 사람만 불쌍하게 되었다는 이야기이다.

국도변에서 고물상과 멍멍이 농장이 함께 어지럽게 널려 있으니 이거야말로 개판이라는 생각이 든다. 먹고 사는데 귀천이 없다지만 이유가 어찌 되었건 국도변에 혐오시설만큼은 피해서 허가되고 경관보전 차원에서 관리되었으면 좋겠다는 생각이다. 반면에 '대궁전 민속당'이라는 한옥집 주변에는 항아리, 절구, 다듬잇돌 등 민속품을 질서 있게 진열해 놓아 대조를 이룬다.

점심시간이 가까워져 산야초를 활용한 '월남쌈 전문점'에서 자연식을 맛보기로 했다. 산야초 자연음식 경연대회에서 대상을 수상

한 '미스 사이공'이라는 식당인데 예상을 깨고 다문화 가정의 베트남 여성이 아닌 한국 자매가 운영하고 있다. 여러 가지 야채와 고기를 월남쌈 전병에 싸먹는 정도인데 음식값 보다는 정성 값이라는 표현이 맞을 것 같다.

선비로를 따라 전주 시내가 시작되는 국립전주박물관까지 정유사별로 주유소가 즐비하게 늘어서 있다. 박물관 앞 삼거리에 '박물관은 재미있는 곳'이라는 제목의 박물관 안내사 인물이 입구에 서 있고 전주역사 박물관이 나란히 자리 잡고 있다. 깨끗하고 아늑한 도시라는 이미지를 느끼며 시내를 가로질러 시외버스터미널에 도착했다. 찜질방에 숙소를 정하고 모래내 전통시장에서 순대국밥으로 시름을 달랬다.

전주에서 삼례까지

시골장터에서
찾은 추억

시외버스터미널 근처에서 아침 식사를 하면서도 시선은 일기예보에 집중한다. 중부지방에 집중호우가 예상되고 남부지방은 약한 비구름대가 형성된다는데 비가 온다는 것인지? 만다는 것인지? 아무튼 우산을 챙겨가야 할 것 같다.

호남제일문

전주고속버스터미널에는 즐비하게 늘어선 고속버스들이 목적지로 출발하기 위해 몸을 풀고 있다. 전주천을 가로지른 백제교를 건너 예쁘게 가꿔진 롯데백화점 도로변 경관을 살피고 간다. 대창아파트 단지 쉼터에서 노인 부부가 운동하는 모습이 보이는데 할머니께서 거동이 불편하신 할아버지를 운동시키는 것 같다. 두 분의 모습이 미래 우리들의 모습이 아닌가 싶어 가슴이 먹먹해진다.

전주 호남제일문

온고을로를 따라 전주천을 가로지르는 서곡교를 건너는데 다리
난간을 화분으로 장식해서 아름다운 경관을 연출하여 삭막한 도심
을 화려하게 변화시켜준다. 화개네거리에 '천 년 전주 푸른 도시 가
꾸기 사업'의 일환으로 도심 속 녹지공간을 조성하였다.

호남제일문 광장에 웅장한 월드컵 경기장을 배경으로 만국기가
게양되어 있고 기린대로를 가로질러 한옥으로 건축된 호남제일문
이 그 자태를 뽐내고 있다.

동산육교를 건너면서 육교 아래로 지나가는 기차를 보면서 영화
의 한 장면을 떠올려 본다. 영화 속의 주인공처럼 달리는 기차의 지

옛 정서가 남아있는 삼례 매일시장 장옥과 신발가게

봉 위로 뛰어내릴 수 있을까? 영화는 영화일 뿐 실제로는 어림없는
생각이다. 무더위를 피해 용정~용진 간 도로 교량 아래서 한숨 자
고 출발한다.

아련한 추억

삼례교를 지날 무렵 소나기가 지나간다. 만경강을 가로지르는
연장 570m의 삼례교를 건너면 완주군 삼례읍이다. 중간지점에서
내려다보면 커다란 잉어들이 무리를 지어 몰려다니는 모습이 보인
다. 만경강 주변의 드넓은 평야가 끝없이 펼쳐진다.

삼례공용버스터미널은 오래된 상가건물이라서 초라해 보이고 옆에 신축한 모텔이 더 좋아 보인다. 식사도 할 겸해서 근처 시장을 돌아보는데 장날이 아니라서 그런지 규모도 작고 손님도 없는 초라한 시골 장터 모습이다. 그래도 오래된 장옥과 신발가판대를 보니까 불현듯 추억이 떠오른다.

초등학교 시절 추석 명절 앞두고 포천 장날 엄마가 처음으로 사다 주신 하얀색 끈에 파란 잉크색 운동화가 생각난다. 지금 생각해 보니 그때 30대 후반 한창이셨던 엄마가 아들을 떠올리며 잰걸음으로 집으로 돌아와 기뻐하는 아들의 모습을 보고 흐뭇해하셨을 텐데 지금은 걸음걸이가 불편한 73세의 노모가 되셨다.

어느덧 큰손녀 라영이가 벌써 아이 둘을 낳았으니 그때 운동화를 신고 뛸 듯이 기뻐하던 아들은 할아버지가 되었고 당신은 증손주를 보셨으니 증조할머니가 되셨다. 나무문짝의 장옥과 함석문짝의 신발가게가 그동안 잊고 지냈던 아련한 추억을 떠올려 준다. 오후엔 비가 올 것 같아서 오늘 일정을 마무리한다.

차량회수를 위해 전주로 돌아와 국립전주박물관과 전주 역사박물관을 구경하고 모래내 전통시장을 구석구석 돌아보며 구경한다. 군 단위 재래시장과는 달리 사람들도 많이 붐비고 길거리 노점상까지 시장 분위기가 물씬 풍기는 곳으로 특히, 길바닥의 할머니들의 노점이 많아 무질서한 것 같으면서도 정거운 느낌이 든다.

호남의 첫고을
월곡마을

이른 새벽녘 호남고속도로를 거침없이 달려 전주IC를 거쳐 삼례 공용버스터미널에 도착했다. 인근에 신협에 주차하고 터미널 앞 김밥집으로 조용히 스며든다. 아침 일찍부터 일터로 향하는 인부들이 있어서 비좁은 공간이지만 활력이 있다. 시내를 관통하는 동화로 사거리를 서너번 지나서 국도와 만난다. 호남로를 따라 천동교차로를 지나서 넓은 배추밭 사이로 보이는 축사에는 한가로운 모습의 소들이 아침을 맞는다.

왕궁리 오층석탑

왕궁면 왕궁리 유적전시관을 둘러본다. 개관시간보다 일찍 입장했지만 관리하시는 분들의 배려로 관람을 할 수 있었다. 백제 무왕 대에 왕궁으로 건립되어 경영되다 후대에 왕궁의 중요건물을 헐어

왕궁리 오층석탑

내고 그 자리에 다시 사찰이 건립된 것으로 확인되었다고 한다. 사찰유적 중 국보로 지정된 왕궁리 오층석탑^{국보 제289호}이 보존되어 왕궁터를 지키고 있다.

가까운 곳에 있는 화물터미널 맞은편에 익산 고도리 석조여래입상^{보물 제46호} 표지판이 보인다. 불상은 200m 거리를 두고 마주 서 있는 2구의 석상으로 이 불상에 얽힌 전설에 의하면 음력 12월에 두 불상이 만나 1년 동안의 회포를 풀고 새벽닭 우는 소리를 듣고 제자리로 돌아가는 남녀 상이라고 한다. 머리에는 4각형의 높은 관冠 위에 다시 4각형의 갓을 쓰고 토속적인 수호신의 표정을 하고 있다. 고려 시대에 조성된 일련의 작품 중에 하나로 무척 친근한 인상을 주고 있다는 설명이다.

금마농협 앞 사거리 포장마차 주변 화분들이 주인의 사랑을 먹고 자란 듯 예쁜 모습이다. 허름한 포장마차지만 만두는 만들기가 바쁘게 팔리고 무엇보다도 인심을 잃지 않은 것 같다. 예쁘게 자란 풍선 넝쿨에 관심을 보이자 씨를 받아가라고 한다. 금마 시장을 둘러보는데 새롭게 정비한 시장골목 뒤편에 70년대를 떠올리는 곡물가게 오곡상회와 떡방아간이 남아 있어서 카메라에 담았다.

사남매 시골된장

외곽으로 나가는 도로변 상가들이 많이 비어있다. 이곳도 쇠퇴일로의 면 단위 모습에서 벗어나지 못하는 것 같아서 마음이 아프다. 익산 중고등학교 인근에 '사남매 시골된장' 마당에 수백 개의 항아리가 눈길을 끈다. 국립농산물품질관리원의 유기농 전통식품 인증을 받아 전통식품을 생산하는데 사장님은 제품자랑보다는 국토종단 일정에 더 관심이 많으신 듯 질문이 이어진다.

점심시간을 조금 넘겨서 면민의 날을 맞이하는 현수막이 즐비하게 걸린 여산면 소재지에 도착했다. 10월 3일 '면 민의 날'을 앞두고 있다고 한다. 광주에서 서울행 고속버스를 타면 반듯이 쉬어가는 곳으로 인근에 호남고속도로 여산휴게소가 있어서 지명이 낯설지가 않게 느껴진다. 소재지를 벗어날 즈음에 숲정이 순교성지가 있다. 병인박해1866년가 일어나자 금산, 진산, 고산에서 잡혀 온 신자

166

논산훈련소 연무대

들이 1868년에 순교한 곳으로 기록상 25명이나 그 외에도 더 많은 천주교 신자들이 순교한 곳이라고 한다.

신병훈련소 연무대

월곡마을 표지석에 '호남의 첫 고을'이라고 써있다. 전라북도 익산시 여산면과 충청남도 논산시 연무읍의 경계를 이루는 작은 고개를 넘으면 보석의 도시 익산을 뒤로하고 신병훈련소가 있는 논산시 연무읍으로 들어선다. 길가에 핀 코스모스가 가을의 정취를 느끼게 한다. 삼십여 년 전 내가 입대할 때 모습과는 사뭇 달라진

전라북도를 지나 충청남도 첫 동네 신양마을 승강장

느낌이다. 변하지 않은 것은 그때나 지금이나 깐깐한 위병 근무자들의 절도 있는 모습이다.

　연무대 정문 건너편에 조성된 무명용사 기념상에서 쉬어간다. 1958년 정문 앞에 건립하면서 당시 이승만 대통령이 '무명용사 기념상' 친필 휘호를 하사하고 국방부 장관 주관하에 제막식을 거행했고 지금의 위치는 도로확장을 하면서 2004년 10월에 이설하고 주변을 성역화했다고 한다.

　꺼지지 않는 횃불을 든 무명용사 기념상은 빛나는 호국 의지와 애국심이 후손들에게 영원히 간직되길 바라는 마음과 통일조국을 열망하고 있다. 훈련병 시절을 회상하다 보니 인근에 있는 연무초등학교 교정마저도 군부대 막사로 보인다.

연무삼거리 마산교 꽃 화분을 따라

연무읍 시내로 진입하는 연무삼거리 마산교 양쪽 난간을 예쁜 꽃 화분으로 장식해서 아름다운 경관을 연출하여 시선을 끈다. 반면에 우체국 앞 시내를 관통하는 안심로 주변의 인도와 자전거 도로는 많은 예산을 들여 조성했지만 불법 주정차 때문에 화단이 망가지고 쓰레기봉투가 화초를 대신하고 있어서 안타까운 모습이다. 연무대고속버스터미널이 있는 안심로 끝자락 회전교차로 표지석에 '마음을 열고 의좋게 살자'라는 구호가 지역의 정서를 대변해주는 느낌이다.

이곳에는 시외버스터미널이 없고 인근 논산터미널에서 출발하여 이곳 정류소를 경유해 손님을 싣거나 내려준다. 바로 옆 편의점에서 버스표를 구해서 출발지로 되돌아가는데 마치 시내버스를 이용하는 기분이 든다.

대추가 빨갛게 익어가는
파란 가을

여산휴게소에서 아침 식사를 하고 연무에 7시를 조금 넘긴 시간에 도착했다. 도로표지판을 따라 논산방면으로 출발한다. 큼지막한 '개태골'이라는 마을 표지석이 마을 어귀를 지키고 서 있다. 길 모퉁이에 주렁주렁 열린 감이 가을의 맑은 하늘색과 대조를 이루고 손이 닿을 듯 잘 익은 홍시가 나그네의 시선을 유혹한다.

논산천의 가을

논산대로를 따라 설치된 중앙화단이 잘 조성되어 있고 가로등 기둥에서 능소화가 피도록 경관을 형성한 아이디어가 돋보인다. 공설운동장 삼거리까지 아파트단지 옆에 조성한 장미터널과 대로 건너편 한정식 식당의 소나무 조경이 주변 경관과 아름답게 조화를 이룬다.

논산천에 날아든 청둥오리와 솜털처럼 피어난 억새가 가을의 서정을 느끼게 한다.

대로변에 넓은 공설운동장 옆으로 건강관리센터와 종합사회 복지관, 청소년 수련관이 나란히 배치되어 있다. 대규모로 건축된 건강관리센터는 논산시보건소와 국민체육센터가 함께 있어서 시민들이 편리하게 이용하고 여러모로 효율성을 높인 것 같다. 특히 행사가 있을 때 주차장을 공동 활용할 수 있는 장점도 보인다.

계백사거리에 세운 '논산 청정딸기 산업 특구' 조형물이 조화롭지 못하고 불안정하게 느낌이다. 논산천에 날아든 청둥오리들이 아침 햇살을 받으며 만찬을 즐기고 천변 가득 솜털처럼 피어난 억새가 가을의 정취를 물씬 느끼게 해준다.

연산면 임리삼거리에 전통옹기와 다육식물 판매장을 구경하는데 야외에 전시된 다양한 형태의 화분이 꽃처럼 예쁘게 진열되어 있고 선인장처럼 생긴 수백 종류의 다육식물이 뽐내는 예쁜 자연색과 생김새가 경이롭게 느껴진다. 구경만 하고 그냥 나오려니 괜히 미안한 생각이 든다.

버스정류장에 붙어있는 이곳 연산대추 홍보물을 읽어본다. 전국 대추의 40% 이상 집산지라는 명성에 걸맞게 전국최대의 생산지로 탈바꿈하고 있다고 한다.

도보여행 쉬어가는 길

개태사역 인근에서 등산용품과 캠핑용품 판매장을 운영하는 젊은 주인의 배려로 커피 한 잔의 여유를 즐기며 이런저런 애기를 나눈다. 산행과 캠핑을 즐기다 결국은 전문용품점을 운영하게 되었고 가끔씩 국토대장정 길에 오른 대학생들과 도보여행객들이 쉬어갈 수 있도록 배려를 아끼지 않는다고 한다.

개태사

도로 건너편에 있는 개태사를 둘러본다. 안내문에는 서기 936년 고려 태조 왕건이 황산벌에서 백제군을 정벌하여 신검으로부터 항복을 받아냄으로서 후삼국 통일의 대업을 이룬 기념으로 창건했다는 내용과 천 년 역사가 허물어져 수많은 파탄을 겪으면서 현재의 모습을 찾기까지 많은 어려움이 있었다는 내용이다.

개태사 철확

　개태사 철확이라는 특이한 유물이 전시되어 있는데 안내문에는
개태사 창건 당시 주방에서 사용하던 철제 솥으로 사료에 의하면
개태사 전성기에 된장을 끓이던 솥이라고 한다. 재미있는 것은 사
찰 밖에서 전해 들은 이야기는 500인분 밥을 지었다는 솥이 안내문
에는 된장 솥이라고 적혀있다.

　도로변 '천연기념물 제265호 연산화악리 오계'라는 표지판이 궁
금증을 자아낸다. 설화에 따르면 조선의 숙종께서 중병을 앓을 때
연산의 오계烏鷄를 드시고 쾌차한 후 지역 특산품으로 지정되어 해
마다 임금께 진상되었는데 닭의 깃털이 대부분 검은색이며 발가락

은 네 개이고 눈, 피부, 뼈가 모두 검고 발가락과 정강이 사이에 잔털이 없는 것이 특징이라고 한다. 우리가 알고 있는 오골계를 말하는 것 같다.

계룡시가 가까워지면서 북쪽으로 계룡산이 고개를 내민다. 못 본 체하려다 옛정을 생각해서 한 컷 남겨둔다. 계룡산 산행 때마다 묘하게 비가 오거나 안개로 인연이 없다가 지난해 집사람과 관음봉과 남매탑을 지나서 동학사로 회귀하는 정겨웠던 산행이 소중한 추억으로 남아있다. '도약하는 계룡 매력 있는 도시'라는 조형물이 길손을 반긴다.

시내외곽에 위치한 마을들은 다른 시골 마을처럼 평온해 보이고 아직은 개발의 손길이 미치지 않은 것 같다. 대동아파트 단지와 마주한 잡동사니 골동품 판매장을 구경하고 엄사면사무소가 있는 시내로 들어선다. 새로운 도시답게 가로환경을 비롯해서 깨끗한 이미지가 맘에 든다. 어느덧 도보여행에서 습관처럼 생겨난 주변 맛집과 저렴하게 숙박할 수 있는 찜질방 수소문에 나선다.

계룡시 엄사에서 세종시 금남까지

박씨 후손들이 심은
느티나무 거리

고향 사람 만났다고 반겨주시는 24시 김밥집 아주머니께서 아침 식사는 든든하게 먹어야 한다며 육개장을 추천해주신다. 고향 까마귀만 봐도 반갑다더니 고향 말투만 섞어도 정겹게 느껴진다. 계룡대로를 따라 계룡대 CC 주변을 지나서 천안과 세종방면으로 밀목재를 넘어간다.

박정자 삼거리

새로운 국도는 긴 터널을 두 번 지나야 하기 때문에 일부러 피해야 할 상황이다. 공주시 반포면 학동리 동학사교차로를 지나 박정자교차로까지 도로가 잘 정비되고 인도를 만들면서 벚나무 가로수를 보호하기 위한 세심한 배려가 돋보인다.

이곳 박정자 삼거리는 공주와 대전 그리고 계룡시와 논산시를

박정자 삼거리 느티나무 군락

이어주는 중요한 교통요충지인데 이곳의 밀양박씨 선대 명당 터와 관계된 풍수지리학에서 말하는 명당의 공허한 기운을 보강하기 위해 '박 씨 후손들이 이곳에 느티나무를 심었다.' 하여 '박정자'라고 부르게 되었다고 한다.

공주시 반포면 온천리 금벽로 도로변 마을에 TV에 방영된 '소원비는 신비의 돌부처님 계신 곳'이라는 안내판을 보고 확인해 보기로 했다. 소원비는 행운의 돌 유래비를 읽어보니 이곳 안정사 주지 화령스님께서 기도에 정진하던 어느 날 부처님의 계시가 있어서 불사를 하던 중에 발견되었다고 한다.

소원 비는 신비의 돌부처님, 장난삼아 함부로 대하면 해를 입는다는 경고문이 있다.

재미있는 것은 복전함에 동전을 넣으면 소원이 깨지므로 유의
하시고 먼저 복전함에 보시한 후 소원을 빌고 돌부처님을 들어보
는데 들리지 않으면 소원이 이루어지고 들리면 소원이 이루어지지
않는다고 한다. 장난삼아 함부로 대하면 해를 입는다고 한다.

마을 입구에 있는 온천 손칼국수 집에서 새참으로 민물새우 칼
국수를 먹고 가기로 했다. 나 홀로 도보 여행 때는 혼자 맛보기엔
부담스러운데 동행하는 선휘 아우가 있어서 여러모로 좋다. 지역
의 특산품 밤 막걸리의 고소한 맛이 얼큰한 국물 맛과 잘 어울린다.

반포세종로를 따라

반포면사무소 인근 국도변에 괴목 뿌리공예 전시장을 둘러본다. 얼핏 봐도 예술가 타입 주인장의 허락을 받아 사진도 몇 장 남겼는데 예술적 가치가 있는 작품들로 가득하다. 죽은 나무뿌리를 예술작품으로 승화시킨 예술가의 장인정신에 큰 박수를 보낸다.

반포세종로를 따라가다 용수천 변에 높게 올려 지은 한옥집이 눈에 띈다. 가까이 가보면 땅 위에 집을 짓는 것이 상식인데 기둥을 세워서 그 위에다 한옥을 지었는데 그 이유를 묻고 싶지 않았다. 왠지 개성이 강한 집주인 '내 맘이다'라고 대답할 것 같은 불길한 예감이 든다. 마당 한쪽 정자에서 쉬어 가려는데 기둥 양쪽에 야무지게 목각한 남성 심볼을 붙여놓았다. 내 예감이 틀리지 않은 것 같다.

세종특별자치시 금남면에 접어들면서 우리 밀 생산업체인 ㈜밀다원 공장이 넓게 자리를 잡고 있다. 두만교차로 인근에 골재채취장이 세종시 개발에 부응해서 성업을 이룬 듯 활기차게 돌아가고 있다. 세종로에 들어선 순간 새로운 광경이 펼쳐진다.

도로 중앙에 자전거 도로를 개설하고 지붕에는 태양광 발전설비를 갖추어 친환경 에너지를 생산하는 일거양득의 새로운 아이템을 선보인다. 지역발전과 더불어 금남면사무소 청사도 새로 신축했는지 산뜻하게 보이고 면 소재지에 널려있는 부동산 간판이 지역개발을 대변해 주는 것 같다.

세종시 금남에서 조치원까지

손님이 많은 이유,
이모네 식당

새벽길을 달려 금남면에 도착했다. 안전주차를 생각해서 선휘 아우님이 금남면사무소에 주차를 권한다. 몇 년 전 백두대간 종주할 때 자주 이용하던 방법인데 다른 사람이 알려주니까 새삼스럽게 느껴진다. 인근 대평시장 '이모네 식당'에서 아침 식사를 하는데 주인 이모께서 두 사람의 행색을 보고 계란 후라이와 밥 한 공기를 서비스로 더 주시는 폼이 남다르게 느껴진다. 손님이 많은 이유를 알 것 같다.

오는 날이 장날

오늘이 장날이라서 시장입구 쪽에 고추시장이 서고 사람들이 모여들기 시작한다. 이곳 대평시장도 정부 지원을 받아 쇠퇴하는 재래시장 활성화 사업으로 정비를 했는데 규모가 만만치 않다. 과거

179

금남면 대평시장

에는 장날이면 인근 대전과 공주에서까지 상인들이 몰릴 정도로
큰 시장이었다고 한다. 이제는 쇠퇴 일로에서 벗어나 세종시가 형
성되면서 새로운 부흥을 꿈꾸고 있다.

　부동산 간판으로 도배된 중심도로를 벗어나 금강을 가로지르는
한두리대교를 건너 세종시 첫 마을에 들어선다. 새롭게 단장한 학
교며 아파트단지들이 신도시의 위용을 뽐내고 있는 것 같다. 대로
변에 서울강남터미널에서 세종청사를 거쳐 이곳까지 운행한다는
현수막을 내건 세종 고속·시외버스 임시터미널이 눈에 띈다. 도로
중앙 횡단보도에 신호등과 가로등, 도로 표지판이 일체형으로 설

치된 통합지주가 인상적이다.

중앙도로를 중심으로 왼편에 임시터미널과 첫 마을이 터를 잡고 건너편 오른편에는 행정중심 복합혁신도시개발 예정지구로 지정되어 국세청을 비롯해서 정부청사 신축공사가 한창 진행 중이다. 중심도로에는 승용차나 버스보다는 공사현장을 종횡무진 누비고 다니는 대형 트럭들이 더 많다. 공사현장 너머로 보이는 초고층 빌딩 위로 낚싯대처럼 즐비한 타워크레인들이 미래도시 창조라는 어휘를 떠올린다.

용이 승천하는 모습의 정부세종청사

사방팔방이 공사판이고 어마어마한 규모의 정부세종청사는 규모를 가늠하기 어려울 지경이다. LH공사에서 시공한 42m 높이의 밀마루타워에 올라서 전망을 내려다보니 한 마리의 용이 승천하기 위해 꿈틀거리는 형국이다. 밀마루는 연기군 남면 중촌리의 옛 지명으로 낮은 산등성이라는 뜻이라고 한다.

세종로를 따라 세종필드 골프장이 이어지고 터널을 지나 끝자락에 있는 연기리로 접어든다. 면 단위 소재지인데도 제법 활력이 넘친다. 이곳에도 부동산 중개사 간판이 즐비해서 식당 아주머니께 주변 땅값을 물었더니 많이 올라서 백만 원도 훨씬 넘는다고 한다. 골고루 갖춰진 상가들 속에 중국 상품을 전문으로 파는 식품점이 있어서 새로운 느낌을 받았다.

세종특별자치시청이 있는 조치원읍 들머리 번암사거리에서 허

만석로를 따라 조치원역과 읍사무소가 있는 시내 중심부로 접어든다. 서둘러서 재래시장 구경에 나선다. 역세권에서 그리 멀지 않은 이곳 전통시장도 활성화 차원에서 재정비하여 깨끗한 이미지로 손님맞이를 하고 있으나 한산한 분위기를 보니 기대에 미치지 못하는 모양이다. 차량을 회수하기 위해 시내버스를 이용해서 다시 금남으로 되돌아간다.

부동산중개사 사무소에 들러 커피 한 잔의 여유를 즐기며 부동산 가격동향을 알아봤더니 내가 예상했던 가격과는 큰 차이가 있어서 놀라웠다. 전용주거지역 원주민분양 가격이 평당 150만 원이고 일반분양 가격은 250만 원을 호가했고 상업용지는 1천만 원을 호가했다고 한다. 이곳 금남면 상업용지는 1천6백만 원 선이고 주거용지는 4백만 원 선인데 요즘에는 연기면 소재지 일대 거래가 활발히 이루어지고 매매가격은 2백만 원 선이라고 한다.

조치원에서 천안까지
철도와 국도가 나란히

아직은 어둠이 깔린 새벽 6시, 조치원 읍사무소에 주차하고 출발한다. 세종로를 따라 서창역을 지나면서 조치원읍과 충북 청원군 오송면과 경계를 이루는 조천1교를 지난다. 철도와 국도가 나란히 가다 보니 지나가는 기차를 종류별로 볼 수 있어서 지루하지가 않다.

노란 은행나무 길을 따라

조천4교를 지나 전의면 소재지 읍내리로 접어든다. 북암 천변 은행잎이 샛노랗게 물들어 운주산을 배경으로 카메라를 유혹한다. 간식으로 배고픔도 달래고 충전한 기분으로 출발한다. 도로변 은행나무는 수줍은 노란색 손을 흔들어주고 길가에 핀 한 무더기 들국화는 예쁜 노란색으로 반겨준다.

183

능수버들 가로수

　행정삼거리 안통을 차지하고 있는 한솔제지 공장을 지나치면서
그동안 무심코 맡았던 종이 냄새가 결코 향기롭지 않다는 것을 깨
달았다. 소정면 소재지는 소정역을 중심으로 우체국과 면사무소가
일정 간격으로 나란히 배치되어 있고 소정삼거리를 교차점으로 고
속철과 일반철도가 교차하고 1번 국도가 통과한다. 건너편에는 논
산~천안 간 고속도로가 지나가는 교통 요충지다.

길 위에서 만나는 친구

　배꼽시계가 종을 울린 지 30여 분이 지나서 목천읍 삼성리 도로변에 멋지게 지어진 '남문집 식당'을 찾았다. 옆자리 손님이 병천순대가 유명한 지역인 만큼 순대국밥을 추천해 주신다. 전북 임실이 고향이라는 홍 선생은 조선일보 신문보급소 지국장라고 자신을 소개하고 고향 사람 만난 듯 반갑게 대해주는데 통성명을 하고 보니 옆의 친구분은 나하고 동갑이고 홍 선생은 선휘 아우님과 동갑이다.

취미로 바이크BMW, 골드윙, 할리데이비드손, 팻보이 등를 타는데 1일 운행거리가 600~700km 정도 되고 동호회 리더를 맡고 있으며 자신은 팻보이미국 1800CC급을 탄다고 한다. 국토종단 과정에 한 번쯤 지나칠 수도 있겠다는 농담이 오가고 한편으로는 부러운 생각도 든다.

청삼교차로를 중심으로 동편에는 천안삼거리공원이 조성 중이고 서편에는 천안생활체육공원 조성공사가 한창 진행 중이다. 교차로 인근에 8개의 대학과 1개의 대학원을 안내하는 표지판을 보고 정말 부럽다는 생각을 했다. 학생 수만 계산해도 우리 군의 인구수 5만7천을 능가할 것 같은 생각이 든다.

천안삼거리 능소 아가씨

삼거리공원 건너편에 주막집을 지어 볼거리를 제공하고 천안삼거리 유행가 가사에 나오는 능소아가씨도 볼 수 있다. 박물관 앞 육교 조형물은 삼거리를 형상화한 듯 삼각 구도로 만들어져 눈길을 끈다. 도로변에 옛 모습의 주막집을 여러 채 지어서 주막을 운영하는 모습이 인상적이다.

천안박물관을 구경하던 중에 고종황제께서 타셨다는 우리나라

천안삼거리 능소 아가씨 주막집

최초의 자동차에 앉아서 기념사진을 남길 수 있었다. 마치 청동기 마을 전시회를 하고 있어서 좋은 체험 기회가 되었다. 시내 능수버들 가로수가 유행가 가사를 떠올리게 한다. 종합터미널이 신세계 백화점 지하에 있어서 쉽게 눈에 띄지 않는다. 교통의 요충지이자 인구 50만에 대도시로의 발돋음을 보는 것 같다.

우리나라
삼남대로의 분기점

새벽 4시, 광주역에서 무궁화호 열차로 천안역까지 이동한다. 이번 여행은 차량 이동 보다는 열차이동이 훨씬 편하고 경비도 절감할 수 있을 것 같다는 선휘 아우님의 현명한 판단에 따른 것이다. 천안역에 내려서 열차 중간쯤에 열차카페라는 문구를 보고 문득 촌놈들이라는 생각이 들었다. 오랜만에 열차를 이용한 터라서 열차카페가 있다는 사실을 모르고 있었다.

안개 속을 걸어서

오후에는 중부지방에 약간의 비가 내린다는 일기예보를 들어서인지 자욱한 안개가 마음을 무겁게 짓누른다. 금연법이 개정되면서 시내 인도바닥에도 금연구역을 알리는 스티커를 붙여서 길거리에서 담배를 피우면 과태료가 부과된다는 홍보를 하고 있다. 갈수록 흡연자들의 설 자리가 좁아지는 것이 현실이고 이대로 가다 보면 언젠가는 사람취급을 못 받을 수 있다는 생각도 해본다.

방죽안오거리에 포스코건설에서 건설에서 건축한 대형 주상복합 건물이 시선을 끈다. 천안천을 가로지르는 신부교를 건너 중앙로를 따라 역말오거리에서 국도 1호선을 만난다. 천안대로를 따라 성환읍에 도착할 때까지 짙은 안개로 주변을 살필 여유도 없이 계속되는 차량 행렬을 마주하는데 통행량이 엄청나게 많다는 느낌이다.

봉선홍경사 갈기비

입구에 새마을운동 발상지 기념비가 세워져 있다. 궁금해서 천안일보 기사를 검색해 보았더니 2008년에 새마을 협의회 회원들이 기금을 모아 '충남의 관문이며 천안시의 수구읍인 성환 지역에서 경북 청도군이 신도마을로 알고 있는데 새로운 국민운동을 시작하는 초석을 만들자'라는 의미에서 기념비를 세웠다고 한다. 시내를 벗어나면 대홍리 국도변에 국보 제7호 천안 봉선홍경사 갈기비天安奉先弘慶寺 碣記碑가 보호되고 있다.

안내문을 요약해보면 이곳은 호남과 한양을 잇는 갈래 길로 교통의 요지였으나 갈대가 무성한 못이 있고 사람이 사는 곳과 멀리떨여져 있어 강도가 자주 출몰하여 사람들의 왕래가 어려워 현종께서 불법佛法을 펴고 길가는 사람들을 보호하기 위해 1021년고려 현종 12년에 홍경사라는 사찰과 광연통화원廣緣通化院이라는 숙소를 세우도록하고 이를 기념하기 위해 1026년현종 17년에 세웠다고 한다. 자세히

국보 제7호 봉선홍경사 갈기비

들여다보면 크기에 비해 상당히 정교하고 아름답게 느껴진다.

점심식사를 위해 대홍삼거리 묵밥집에 들어섰는데 조금 이른 시간이라서 그런지 주인은 소가 닭 쳐다보듯이 손님을 대하지도 않고 하던 일에만 열중하고 있다. 물끄러미 앉아 있다가 인근 기사식당으로 자리를 옮겨서 식사를 하는데 주인아주머니께서 10초도 쉬지 않고 속사포로 이야기를 한다. 잠깐 사이에 가정사부터 시작해서 아가씨 때 즐기던 취미생활까지 너무 많은 얘기를 듣느라 식사를 대충 때우고 가는 느낌이다.

천안대로를 따라 횃불 낭자 마스코트가 있는 안성대교를 건너면서 안성천 양옆으로 형성된 들녘을 가로질러 경기도 평택시로 들어선다. 깨끗한 시가지와 경남아너스빌 사거리 쉼터공원이 조화롭게 어울린다. 비전동 성동초등학교 건물의 색채디자인이 독특하여 카메라를 들이민다. 일반적인 공공건물에는 적용하기 쉽지 않은 디자인인데 도심 속 초등학교 건축물에는 오히려 잘 어울린다는 생각이 든다.

맛집을 찾아서

평택역 청사건물이 백화점 건물처럼 분장을 하고 있다. AK프라자 '2013년 마지막 세일' 현수막이 중앙에 커다랗게 걸려있고 사람들도 많이 붐빈다. 맞은편 가까운 곳에 공용터미널과 고속버스 터미널이 위치해 편리하게 이용할 수 있도록 배치되어 있다. 재래시장 구경을 위해 통복시장으로 발길을 옮긴다.

시장규모가 큰 만큼 붐비는 인파도 많고 중국식품점까지 생겨난 현대판 재래시장의 표본을 보는 것 같다. 먹거리로 소문난 몇몇 점포는 줄을 서서 기다리는 풍경이 이채롭다. 시장에 사람이 많이 붐빈다는 것은 일자리가 많아 살기가 좋거나 인구가 늘어난다는 지표로 볼 수 있다. 새롭게 들어서는 고층 빌딩과 확장되는 도시, 붐비는 시장을 보면서 미래 우리나라의 해양물류 도시의 한 축을 보는 것 같다.

시장을 벗어나 맛집을 찾는데 이구동성으로 파주옥 곰탕집을 알려준다. 평택역 맞은편 인근에 있는데 각종 매스컴에 소개된 화보와 연예인 사진들이 도배되어 있고 찾는 사람들도 많은데 친절함은 찾을 수가 없다. 카운터에서 노닥거리는 따님들이며 기계적으로 움직이는 종업원 아주머니며 손님이 많아서 귀찮은 모양이다. 지금은 유명세로 당분간 손님이 있겠지만 이대로 간다면 앞날은 별로 기대되지 않는다.

문득 경험담이 생각난다. 광주 첨단지구에 줄을 서지 않고서는 식사를 할 수 없을 정도로 잘 나가는 국밥집이 있었는데 우리 가족도 외식을 겸해서 그곳을 찾았다가 불쾌해서 그냥 나와 버린 적이 있다. 종업원들의 불친절과 손님을 가볍게 여기던 주인은 결국은 문을 닫고 말았다. 손님들은 마음에 들면 단골이 될 수 있지만, 한 번 돌아서면 다시는 찾지 않는다는 사실을 깨닫지 못했던 것 같다.

서울과 평택의 거리는
한 뼘

어젯밤 내린 비로 네온불빛이 반사될 정도로 아스팔트 바닥이 적서있다. 손끝이 시릴 정도로 제법 쌀쌀한 날씨가 옷깃을 여미게 한다. 가로수 은행나무는 흘러간 시간이 아쉬운 듯 낭만을 잊은 채 낙엽만 흩날린다.

서울 1호선 전철과 나란히 늘어선 경기대로를 따라 퓨리나사료 사거리에서 사료 공장 규모도 가늠해보면서 잠시 쉬어간다.

평택이 서울 서울이 평택

장당일반산업단지를 지나서 장당삼거리에 홈플러스 건물이 수문장처럼 버티고 서있다. 새로 난 국도에서 벗어나 시내로 접어들어 새롭게 부상하는 송탄 시내 구경에 나선다. 버스 승강장에 '이제 평택이 서울, 서울이 평택입니다'라는 문구의 서울과 평택의 거리

송탄에 새롭게 들어선 아파트 단지

가 한 뼘으로 표현된 포스터가 지금의 송탄을 대변해주는 것 같다.
어디든지 도시의 어두운 뒷모습은 존재하듯 서정리 시장 주변의
무질서가 못내 아쉽다.

시내를 빠져나가면 송탄소방서가 길목을 지키고 있는 형국이다.
용인의 이동저수지에서 시작되는 진위천이 동서로 흐르며 주변 들
녘을 품고 있다. 들녘에는 시설 하우스가 빼곡이 들어서 있고 진위
역을 지나서 가곡리 입구 삼거리 주변에 넓게 자리를 잡은 하얀색
건물의 롯데제과 평택공장이 한눈에 들어온다. 오산 시내에 들어
서는 길목에 수석과 분재 전시판매장에 들러 사장님의 호의에 감

사하는 마음으로 작품설명을 듣는다.

언뜻 보아도 좋아 보이는 수석들이 눈에 들어온다. 안쪽에 진열된 수석들은 욕심나게 생긴 녀석들만 따로 보관하면서 자랑하는 재미와 나름대로의 여유를 즐기며 사는 모습이다. 한쪽에 진열된 각종 약초 술병이 임자를 기다리며 질서정연하게 도열해 있다. 중앙에 나란히 서 있는 장뇌삼 술병에 자꾸 눈길이 간다. 1시간가량을 훌쩍 넘기고 도심으로 들어선다.

은행나무 따라 오산으로

갈곶리 삼거리에 도시의 이미지를 물씬 풍기는 아파트 단지가 오산의 첫 모습을 보여준다. 경기대로를 따라 시내 중심을 지나가는데 도로망이 잘 갖춰진 깨끗한 도시라는 인상을 받았다. 거리에 은행나무 가로수는 가을을 노래하고 담장을 넘어선 단풍은 겨울을 재촉한다. 거리에서 만나는 사람들도 친절하게 길을 안내해주고 버스를 기다리는 사람들도 여유가 있어 보인다.

신축한 지 얼마 안 된 오산역 건물은 새신랑처럼 멀쩡한 모습인데 마주 선 터미널 재건축 현장은 공사가 중단되어 방치 상태로 도시미관을 해치고 있다. 돌아오는 길은 전철로 평택까지 이동해서 광주까지는 KTX로 이용할 수 있어서 좋다. 처음 출발할 때에는 아득한 먼 길이었지만 이제는 목적지가 얼마 남지 않았다는 생각에 발걸음이 더욱 가벼워지는 느낌이다.

오산에서 의왕까지

정조대왕의 하사주 한 잔

어젯밤 오산역에 도착하여 하늘공원 24시 찜질방에서 숙박하고 아침 식사를 해주는 인근 식당에 들렀다. 환갑을 넘긴 주인아주머니께서 말투가 전라도 고향 사람들 같다며 금방 알아보신다. 영광군 백수읍 논산리가 고향이고 큰언니께서 대전리에 살고 계시는데 부모님 선산이 있어서 7월 7석 제삿날에 형제자매가 모두 모인다고 한다.

새벽길에 고향사람을 만나다

오랫만에 고향 사람 만나서 반갑다면 커피도 손수 타주신다. 전북 장수군으로 시집을 갔다가 쌍용제지에 근무하는 남편을 따라서 이곳에 정착을 하게 되었다고 한다. 반가운 마음을 뒤로하고 여정을 살핀 후 길을 재촉한다. 어둠이 내려앉은 새벽길 바쁘게 움직이는 두 나그네의 모습이 인력시장에 나가는 인부들 같은 생각이 든

유엔군 초전 기념비

다. 시내를 빠져나와 경수대로를 따라간다.

　새벽녘 인적 없는 오대산역은 지나가는 나그네를 조심스럽게 지켜보고 있는 것 같다. 서울 1호선 철도와 1번 국도가 나란히 이어진다. 새교 신도시를 지나면서 고즈넉한 언덕 정상에 유엔군 초전 기념비와 기념관이 자리를 잡았다. 1950년 7월 5일 연합군으로 참전한 미군과 공산침략군 간의 최초의 전투가 있었고 이를 기념하기 위해 건립했다고 한다.

　아침 안개 속으로 어렴풋이 보이는 고층아파트 대열이 오산의 미래를 짐작하게 해준다. 외곽지역이지만 인구가 늘어나고 있다는 증거이고 인구가 늘면 도시의 미래도 밝다고 보기 때문이다. 병점 교차로에서 빨간색 글씨로 '집 나간 마누라 잡으러 가는 중'이라고 적힌 견인차량을 보고 한바탕 웃었다. 급하게 달려가니 이해를 구한다는 재미있는 문구다.

희망의 도시 화성으로

경수대로는 경계를 넘어 화성시로 이어진다. 국도변을 지키는 대형 홍보 탑에 '길이 열리는 화성시'라는 슬로건이 연쇄살인이라는 어두운 이미지를 털어버리고 희망의 도시로 거듭나는 새로운 화성시를 보여주는 느낌이다. 일명 비행장도로라는 곧게 뻗은 국도처럼 밝은 화성시의 미래가 펼쳐질 것 같다. 동쪽 구봉산 너머로 장인 어르신과 처남이 살고 있는 동탄 신도시와 연계되어 크게 발전할 수 있을 것 같다.

언제 보아도 볼거리가 많은 야생화와 분재를 판매하는 들꽃농원에 들려서 구경하고 간다. 사장님은 대한전선에서 근무하다 1년 전 퇴직하고 평소에 관심이 많았던 농원을 운영하고 있다고 한다. 지금은 월동준비를 하는 중이고 봄부터 가을까지 아기자기한 예쁜 야생화들을 볼 수 있어서 좋다고 한다. 부지런한 사장님 같은데 밝지 않은 표정에서 요즘 장사가 어려운 것 같아 안타까운 생각이 든다.

사통팔달 수원 팔달문

수원터미널을 지나 서둘러 수원의 상징 팔달문八達門으로 향한다.

교통의 요충지로 사통팔달의 의미가 있다고 한다. 정조대왕께서 상업을 통해 부국강병을 실현하려 했던 꿈이 서려 있는 팔달문 시장의 활력도 느껴보고 지동시장의 순대국도 맛보고 비록 동상으로 만들어진 '不醉無歸불취무귀'라는 제목의 정조대왕의 하사주도 한 잔 받아보고 기념사진도 남긴다. 화성 축성 당시 기술자들을 격려하기 위한 회식자리에서 남긴 말씀인데 '취하지 않으면 돌아가지 못한다'는 뜻이 아니라 자신이 다스리는 백성들 모두가 풍요로운 삶을 살면서 술에 흠뻑 취할 수 있는 그런 아름다운 세상을 만들어 주겠다는 의미가 담긴 말이라고 한다.

화성행궁의 고풍스러운 모습이 카메라에 그림처럼 들어온다. 마치 신풍루 앞에서 촬영이 있어 한참을 구경했다. 줄타기 명인의 공연이 끝나고 대를 이을 어린 아들의 아슬아슬한 재주에 많은 사람들의 아낌없는 박수가 이어졌다. 화성 박물관 구경을 마치고 건너편에 있는 천주교 순교성지 복수동 성당을 둘러본다. 보수공사를 하는 중이라서 어수선한 분위기에 사람도 없고 너무도 조용한 분위기라서 조심스럽게 나와 버렸다.

가까운 장안문長安門으로 향한다. 화성의 4대문 중 북쪽에 위치한 수원화성의 정문으로 장안이라는 말은 수도를 상징하며 백성들의 안녕을 의미한다고 한다. 성문에 오를 수 있도록 개방되어 두루두루 살피고 의왕방면으로 출발한다.

종합운동장을 지나 만석공원을 지나는데 가로변에 수백 그루의 소나무 기증수가 부러울 정도로 잘 심어졌다. 아름다운 공원도 잘

불취무귀 정조대왕 하사주

가꾸어져 있지만 누군가의 아이디어로 일궈낸 소나무 군락은 진심
으로 찬사를 보내고 싶다.

지지대 고개

　지지대 쉼터이자 효행공원에서 쉬어간다. 수원시 대다수의 유적
이 정조대왕의 효심에서 비롯된 것이며 수원이 효원의 도시로 표
상되어 대왕의 높은 뜻을 기리자는 의미에서 정조대왕 동상을 건립
하고 공원을 조성했다는 취지문 내용이다. 위쪽에는 프랑스군 6·25
참전 기념비가 자리 잡고 있다. 광교산 등산안내도 주변에는 노숙

화성행궁 신풍루(新豊樓)

하는 차량들은 주인들의 하산을 기다리며 졸고 있다.

지지대 고개는 정조께서 수원에 행차할 때 부친 사도세자의 능까지 가는 시간이 더디고 환궁할 때는 어가를 멈추고 오랫동안 화산 묘역을 바라보며 눈물을 흘렸다고 한다. 또 어가에 올라서도 화산이 보이지 않을 때까지 눈을 돌리지 않아 행차가 자꾸 늦어졌다고 한다. 이러한 사연 때문에 더딜지(遲)자가 들어간 지지대가 되었고 고개 정상에는 정조의 거룩한 효행을 기리고자 순조 때 지지대비를 건립했는데 현재 경기도 유형문화재 제24호로 지정돼 보호되고 있다.

지지대 공원의 정조대왕 상

　오후 5시가 넘어서 의왕시에 도착했다. 과천~의왕 간 고속도로와
경수대로가 교차하는 고합사거리 고가도로가 관문처럼 느껴진다.
위로는 수도권에 가까운 안양시, 군포시와 인접하고 아래로는 수원
시와 인접하여 점차 도시가 확산되는 형국이다. 원도심과는 차이가
있겠지만 깨끗하고 활력이 넘치는 도시 이미지가 좋아 보인다.

한강을 걸어서 건너다

이른 아침 시간 도시의 어둠을 밝히듯 여명은 모락산385m 능선을 넘어 스카이라인 마냥 비춰진다. 경수대로를 따라 안양방면으로 진행하는데 작은 키에 나이가 지긋한 아저씨께서 굉장히 빠른 걸음으로 앞질러 간다. 배낭을 메고 일터로 가는 것 같은데 모습이 조금은 우습기도 했지만 따라잡기 힘들 정도로 빠르게 걷는 비결이 궁금했다. 아마도 빨리 걷는 습관에서 비롯된 노하우가 아닌가 싶다.

의왕시 군포시 안양시의 경계

의왕시와 군포시 그리고 안양시가 경계를 이루는 포도원 사거리를 지나 농협은행, 국민은행, 신한은행, 외환은행, 산업은행이 나란히 늘어선 아파트단지를 지나 서민들의 보금자리 중심부에 자리한 안양 호계시장으로 들어섰지만 반기는 사람은 없고 '호계 시장은 일본산 수산물을 팔지 않습니다'라는 현수막이 우리를 맞이한다. 골목시장도 이른 아침 시간에 손님이 없기는 마찬가지인 것 같다.

방축사거리를 지나면서 목련아파트단지 가로수가 예쁜 옷으로 갈아입은 모습이 아름다워 한 컷 남겨둔다. 경수대로와 시민대로가 교차하는 범계사거리 희망공원과 평화공원이 마주하고 있지만, 인심을 잃었는지 이용하는 사람이 없다. 부흥동 아파트단지 부흥 초·중·고등학교가 울타리 하나 사이로 나란히 있어서 농촌 지역에서는 볼 수 없는 도시만의 풍경이다.

비산사거리 다비치웨딩홀이 지금은 철거되고 없는 옛 중앙청 건물을 연상케 한다. 도심을 가로지르는 안양천을 사이에 두고 국도와 서울 1호선 철도가 이어 이어진다. 삼막 삼거리에 대한불교 조계종 한마음선원이 시선을 끈다. 궁금해서 내부를 들여다봤더니 여승과 신도들 수십 명이 김장을 하느라 여념이 없다. 제2경인고속도로가 교차하는 석수IC를 지나면서 차량통행량이 훨씬 많아지는 것을 느낄 수 있다.

한양에 당도하다

석수역 주변에는 주말산행을 즐기려는 등산객 인파가 붐빈다. 석수역을 경계로 안양시와 서울특별시가 나뉘고 안양천을 사이에 두고 광명시와 경계를 이룬다. 서울특별시 금천구 교통표지판을 보니까 가슴이 뭉클해진다. 옛날 같으면 과거시험 치르러 한 달 만

안양천 뚝방길

에 한양에 당도한 기분이랄까? 묘한 기분을 안고 시흥대로를 따라 간다.

언덕 위에 자리한 금천문화원 경관이 아름답게 다가온다. 인공 폭포는 휴식 중이지만 주변 단풍이 예쁘게 물들었다. 박미삼거리 에 창문 없는 조선냉동 건물이 시선을 끈다. 하얀색 바탕에 동백꽃 을 그려 넣은 벽화가 이채롭다. 북진하던 1번 국도는 시흥사거리에 서 서쪽으로 방향을 틀어 안양천을 가로질러 확장공사가 한창 진 행 중인 시흥대교를 건넌다. 건너편에 금천구청 건물이 정면으로 보인다.

안양천 뚝방길을 따라 한강을 건너다

안양천 뚝방길을 따라 걷다 보니 산책을 나온 기분이다. 주말을 이용해서 자전거를 타거나 운동하는 사람들이 많고 천변 공원에도 운동하는 단체와 가족 단위 나들이객들이 많다. 목동 종합운동장 근처의 초고층 아파트가 한눈에 들어온다. 꼭대기 층에 사는 사람들은 어떤 기분일까? 드디어 성산대교1,410m를 따라 한강을 걸어서 건너는 영광을 안았다.

서울에 살면서도 도보로 한강을 건너보지 못한 사람들에 비하면 이 또한 기쁨이 아니겠는가? 촌놈들 겁이라도 주려는 듯 밀려드는 차량 행렬이 장난이 아니다. 평화의 공원 너머로 서울 월드컵 경기장이 위용을 자랑한다. 경기장 옆 마포농산물 시장을 한 바퀴 돌면서 구경하고 '3년 전부터 천원'이라는 샌드위치를 호기심에 먹어보았더니 역시 천 원어치 맛이다.

통일로를 따라서
임진각까지

새벽 5시 30분이다. 어젯밤 늦은 시간에 도착하여 경부선 지하상가 찜질방으로 기어들어갔다가 어둠을 뚫고 지상으로 나타나는 모습이 어쩌면 두더지 인생 같다는 생각에 웃음이 나온다. 찜질방도 붐비고 새벽부터 사람들의 움직임이 많은 지하철에서도 서울의 활력을 느끼며 월드컵 경기장 역으로 향한다.

통일로를 걷다

알려진 마포돼지갈비 집은 보이지 않고 증산로를 따라 불광천 주변의 가로등만 아침 안개 속에서 꾸벅꾸벅 졸고 있다. 신사오거리부터 연서로를 따라가는데 참사랑병원이며 반석교회 같은 우리 동네에서도 익숙한 간판들이 보인다. 교통섬처럼 생긴 연신내 물빛공원에서 서울의 아침을 맞는다. 정면으로 보이는 극동 메트로

통일로 표지석

타워가 촌놈들을 무시하듯 버티고 서있다.

통일로로 접어들면서 도로가 훨씬 넓어지고 인도가 잘 정비되어 걷기에도 편하고 안전하다. 주택이 빼곡히 들어선 주거지를 벗어나면서 은평소방서가 길목을 지키고 있다. 박석고개부터 은평뉴타운 지구에 포함되어 뒷동산 같은 진관근린공원 주변으로 아파트 단지들이 들어서고 있다. 자그마한 공원도 마련되어 쉼터역할을 톡톡히 하고 있다.

박석고개는 은평구 불광동에서 갈현동으로 넘어가는 고개인데 근처에 궁실宮室의 전답이 있어서 전답을 오가는 사람들이 흙을 밟지 않게 하려고 돌을 깔았다는 이야기와 이 고개가 풍수지리적으로 중요한 곳이기에 지맥이 끊이지 않게 보호하려고 박석얇고 넓적한 돌을 깔았던 곳에서 연유했다는 이야기가 전해오고 또 다른 이야기는 중국 사신이 다니는 고갯길에 산에서 내리는 물로 통행이 불편하여 조정에서 길을 닦고 상석을 깔아 박석고개가 되었다는 이야기가 전해온다고 한다.

구파발사거리에 통일로 표지석이 서 있다. '이 길은 국토의 남북을 잇는 길이다. 박정희 대통령께서 통일로라 명명하시고 글씨를 써 주셨으므로 이 뜻을 돌에 새겨 길이 전한다. 1971년 12월 1일'이라고 새겨져 있다. 한국지역 난방공사의 열병합 발전소를 지나 창릉천을 건너는 효자 2교에서 바라본 도봉산과 북한산의 모습이 아름답고 평온하다.

고양시 덕양구 삼송동과 오금동, 신원동이 경계를 이루는 숫돌고개를 넘는다. 임진왜란 당시 일본군에게 패한 명나라 이여송 장군이 복수를 다짐하며 자신의 칼을 이 고개에서 갈았다고 하여 붙여진 이름으로 알려져 있다. 숲 속의 삼송주택이 보금자리를 잘 잡은 것 같다. 공릉천 주변에 새롭게 형성되는 아파트단지와 신축한 신원중학교가 신도시의 표본처럼 느껴진다.

숫돌고개 넘어

서울외곽순환고속도로와 교차하는 통일로 IC를 지나 장재장입구 삼거리의 음산한 분위기를 체험한다. 벽제납골당과 서울시립

승화원 화장터를 비롯해서 주변이 온통 납골당과 납골묘 관련 석물 공장 일색이어서 표현하기 어려운 묘한 분위기가 느껴진다. 주변에 골프장이 산재되어 골프장만 안내하는 교통 표지판이 특이하게 보인다. 백제천과 공릉천이 만나면서 통일로와 함께 나란히 이어간다.

공릉천변에 조성한 공원에서 제59회 부산-서울 역전마라톤대회에 출전한 선수들이 몸을 풀고 있어서 이야기를 나눌 수 있었다. 부산에서 출발해서 임진각까지 뛰어가고 우리는 목포에서 임진각까지 걸어가고 해서 금방 공감대가 형성되어 기념사진도 함께 남길 수 있었다. 전국에서 시도대표로 출전한 학생들의 패기가 싸늘한 초겨울의 날씨조차도 녹여내는 것 같다.

파주3릉

파주3릉^{공릉, 순릉, 영릉} 이라는 안내판이 생소하여 인터넷을 뒤져본다. 조선 시대 왕릉으로 세계 문화유산으로 등록된 사적 제205호이다. 공릉은 조선 제8대 예종의 세자비인 장순왕후 한 씨의 능이고 순릉은 제9대 성종의 비 공혜왕후 한 씨의 능이다. 공릉과 순릉에 잠든 두 자매는 상당부원군 한명회의 딸로서 친가에서는 자매지간이지만, 시가인 왕실에서는 숙모와 조카며느리가 되는 사이였다.

영릉은 영조의 큰아들 진종과 비 효순 왕후의 능이다. 쌍릉으로 조영되었으며, 진종은 세자의 신분으로 어린 나이에 요절하였다가 훗날 진종으로 추존되었기 때문에 능 또한 세자 묘의 예에 따라 조

파주스타디움

영되었다가 훗날 왕릉의 형식을 갖추게 되었다고 한다.

　파주 스타디움 주 경기장 전광판 광고가 멀리서도 눈에 띈다. '파주는 락樂 이다'며 외치는 가수 윤도현의 외침이 들리는 것 같다. 한강 끝자락에 형성된 도시는 공릉천을 따라 형성된 들녘을 품고 있어 도농복합 도시의 표본을 보는 것 같다. 경기도립의료원 파주병원 인근 24시 불가마사우나에서 일정을 마무리한다.

파주에서 문산 임진각까지

국도1호선 종주 마지막 날

국도 1호선 종주 마지막 날이다. 짙은 안개 때문에 50m 전방을 가늠하기 어렵고 도심 속에 갇혀버린 기분이다. 전방지역이라서 그런지 이른 아침이라서 그런지 암튼 사람들의 움직임이 거의 없다. 시내를 벗어나 안갯속의 경의선 원릉역을 지날 무렵에서야 사람들을 볼 수 있다. 짙은 안개로 보이지는 않지만 '끼룩끼룩' 기러기들의 이동하는 소리가 계속해서 들린다.

봉황이 깃든 봉서리에서

경관이 뛰어나고 소나무가 울창해 봉황이 깃든 곳이라 하여 붙여진 봉서리 이정표를 카메라에 담는다. 안개 때문에 주변 경관을 볼 수 없으니 답답할 지경이다. 이정표에 판문점, 임진각, 문산역, 통일공원이 보이는 것이 목적지가 가까워진 것 같다. 파주소방서

임진각

통일 119안전센터 간판에도 우리 민족의 염원이 담긴 통일이란 용
어가 들어있고 통일공원 역시 같은 맥락으로 보아야 할 것이다.

국도변에 파주의 자랑이 소개되어 있다. 인물을 보면 조선 중기
대학자 율곡 이이1536~1584, 조선 초기 대재상이자 청백리의 표상 방
촌 황희1363~1452, 고려 예종 때 여진 정벌의 공을 세운 명장 묵재 윤
관?~1111 그리고 관광지를 살펴보면 판문점, 임진각, 자유의 다리 등
안보 관광지라는 생각이 든다. 국도 1호선목포~신의주: 1,068km과 경의
선서울~신의주: 518.5km 철도에 관한 설명도 이해를 돕는다.

안갯속으로 문산 행복센터가 희미하게 보이는데 입구안내판을

살펴보니 복지센터와 공연센터로 나뉘어 청소년문화의집, 여성복지시설, 주민자치센터, 노인복지시설, 장애인복지시설, 문산읍사무소, 농협 등 공연장까지 갖춘 복지종합 회관 같은 느낌으로 엄청난 예산이 소요되는 우리나라 복지행정의 한 단면을 보는 것 같다. 통일로 원래 표지석이 화단을 지키고 있다.

임진각 가는 길

마정교차로에서 판문점 가는 길과 임진각 가는 길이 나뉜다. 조금은 이른 점심시간이지만 말 우물터에서 비롯된 지명 마정1리 식당 간판에 35년 전통 황복 전문 이라는 말에 현혹되어 완주를 기념하는 의미에서 비싸지만 유명한 황복탕을 맛보기로 했다. 기대가 크면 실망도 크다고 했던가? 입으로는 맛있게 먹었다고 하면서 한편으로는 점심식대로 10만 원이 아깝다는 생각이 가시질 않는다. 메뉴판 맨 아래쪽에 적힌 잡고기 매운탕 4만 원이 자꾸 눈에 밟힌다.

안개가 걷히면서 사방이 시야에 들어오고 임진각 역에서 출발한 열차가 지나간다. 마정교를 건너면 굴뚝 모양의 탑이 보이는데 버마 아웅산 폭파사고 당시 순국한 외교사절위령탑이다. 고양시 일산에서 사는 광석이 친구가 마중을 나왔다. 멀리 살아도 항상 가까이에 있는 친구다. 마지막 일정답게 이곳저곳 둘러보기에 여념이 없다. 이곳에 휴일을 맞아 가족 단위 여행객들이 생각보다 많다는 것이 놀라웠다.

미국군 참전비를 보면서 6·25 한국전쟁에서 미군 사상자가

142,091명사망 33,629명, 부상 103,284명, 실종5,174명이라는 사실을 알게 되었다. 우리의 우방이라는 생각과 자유수호를 위한 미군의 참전은 당연하다고만 생각했는데 사상자가 이렇게 많은지는 모르고 있었다. 자유수호를 위해 산화한 영령들을 위해 감사한 마음으로 묵념을 드린다.

임진각 망배단 너머로 끊어진 철교와 녹슨 경의선 철마가 민족의 슬픈 역사를 대변하고 있다. 망배단은 5백만 실향민들의 망향의 상념을 달래기 위해 북녘땅이 한눈에 보이는 이곳에 1985년에 정부에서 건립한 제단으로 추석 명절을 비롯해서 상설제단으로 이용하고 있다고 한다. 통일이 되어 신의주까지 갈 수 있는 날이 오기를 기원하면서 국도 1호선 종주 남쪽구간 일정을 마무리한다.

여행에서 돌아오는 길

돌아오는 길에 친구 안내로 오두산 전망대에 올랐다. 임진각 못지않게 북녘땅을 바라볼 수 있는 곳으로 한강과 임진강이 만나는 합수되는 지점이다. 잠시 오늘 여기까지 여정을 되짚어본다. 5월 4일 목포를 출발해서 7개월 동안에 한 달에 2회 정도 하루 또는 이틀씩 주말에 짬을 내어 20일 만에 완주했다. 특별히 어려움은 없었지만 장거리 차량운행은 항상 부담으로 남는다.

충청북도 연무-계룡구간부터는 고속버스와 열차를 이용하는 방법으로 장거리 차량운행 문제를 해결하고, 찜질방을 이용하면서 목욕비와 숙박요금을 절약할 수 있어서 가장 큰 장점으로 꼽을 수

오두산 전망대에서 바라본 북한 관산지역

있다. 24시 김밥집을 이용하면 아침을 챙겨 먹을 수 있어서 좋고,
무엇보다도 좋아하는 선휘 아우와 함께할 수 있어서 외롭지 않고
여행이 즐거웠다.

국도1호선 종단 구간별 현황

회차	일정	구간	거리 (km)	소요 시간	날씨	비고
1	2013. 5.4	목포(버스터미널) 무안(버스터미널)	22.1	7:00	맑음	08:20 목포 출발 15:20 무안 도착
	5.5	나주(버스터미널)	26.3	10:40	맑음	08:00 무안 출발 18:40 나주 도착
2	5.11	광주(광천터미널)	36.3	9:05	맑음	08:05 나주 출발 17:10 광주 도착
	5.12	장성(버스터미널)	20.2	7:10	맑음	07:30 광주출발 14:40 장성도착
3	5.26	백양사역(백양사역)	29.5	9:30	맑음	08:00 장성 출발 17:30 백양사역 도착
4	6.2	정읍(시외버스터미널)	25.2	9:10	맑음	08:00 백양사역 출발 17:10 정읍 도착
5	6.9	김제(원평정류장)	23.5	9:00	맑음	08:30 정읍 출발 17:30 원평 도착
6	7.29	전주(시외버스터미널)	24.5	9:00	흐림	08:00 원평 출발 17:00 전주 도착
	7.30	완주(삼례공용터미널)	12.0	4:30	맑음	07:00 전주 출발 11:30 삼례 도착
7	9.28	연무(고속터미널)	32.6	9:40	맑음	07:00 삼례 출발 16:40 연무 도착
8	10.19	계룡(엄사면사무소)	30.2	9:40	맑음	07:20 연무 출발 17:00 엄사 도착
	10.20	세종(금남면사무소)	29.2	8:10	맑음	06:10 엄사 출발 14:20 금남 도착

회차	일정	구간	거리 (km)	소요 시간	날씨	비고
9	11.2	조치원(공용터미널)	21.8	7:30	흐림	08:00 금남 출발 15:30 조치원 도착
	11.3	천안(종합버스터미널)	38.8	10:30	흐림	06:00 조치원 출발 16:30 천안 도착
10	11.16	평택(평택역)	22.5	7:30	흐림	07:30 천안 출발 15:00 평택 도착
	11.17	오산(오산역)	18.9	5:30	흐림	06:30 평택출발 12:00 오산역 도착
11	11.23	의왕(오전동주민센터)	27.4	9:50	맑음	07:30 오산 출발 17:20 의왕 도착
	11.24	서울(마포농산물시장)	35.6	8:10	맑음	07:20 의왕 출발 15:30 마포 도착
12	11.30	파주(파주시청)	29.9	9:00	맑음	06:10 마포 출발 15:10 파주 도착
	12.1	문산(임진각)	20.1	6:20	맑음	06:40 파주 출발 13:00 임진각 도착
계		12회차 20구간	526.6	-		완주

※ 참고
○구간거리는 인터넷 다음지도에서 출발지, 경유지, 도착지를 측정한 거리임
○소요시간은 중간에 쉬어가는 시간과 식사 시간을 포함한 출발해서 도착까지의 시간임.

PART 3

국도7호선 종주

부산에서
고성까지

부산에서 울산까지

아시안 하이웨이

새벽 5시, 알람 소리가 출발을 서두르라고 재촉한다. 남산동에서 외국어대학에 재학 중인 막내딸의 배웅을 뒤로하고 국도 7호선 종단 길에 오른다. 비가 내리지만 오후에는 갠다는 일기예보를 믿고 출발한다. 내가 언제 또 비를 맞으며 부산거리를 걸어볼 수 있겠냐는 생각에 마음이 오히려 홀가분해진다.

부산에서 시작하다

금정구 남산역을 지나 어젯밤에 도착한 노포동 부산종합버스터미널 지하 식당가에 들러 아침 식사를 해결한다. 이곳에서 이름난 '돼지국밥'이 6천 원이고 많은 사람들이 즐겨 먹는 메뉴인 것 같다. 터미널 근처에서는 메뉴가 다양해서 이것저것 골라 먹는 재미도 있다. 이곳 터미널은 고속버스, 직행버스는 물론이고 전철역까지 잘 갖춰져 있다.

중앙대로를 따라가다 구서화훼 꽃 도매시장을 지나면 수영강을 따라 국도가 이어진다. 엊그제 내린 폭우로 여기저기 피해가 많은 것 같다. 두구동 여락고가도로 옆으로 홍법사의 커다란 부처님이 '군밤 한데 맞을래, 아니면 시주할래' 자세로 자비로운 미소와 함께 중생들을 맞이하고 있다. 주변에는 농원이라는 이름으로 정원수들 이 잘 가꿔져 있다.

한국에서 중국, 카자흐스탄을 지나 러시아까지

양산시에 접어들어 웅상대로를 따라가다 새로운 교통표지판을 볼 수 있다. '아시안 하이웨이Asian Highway AH6 한국~중국~카자흐스 탄~러시아'라고 표기되어 있다. 인터넷을 뒤져봤더니 아시아 32개 국을 횡단하는 전체 길이 14만 킬로미터에 이르는 간선도로이고 국제연합의 아시아 태평양 경제사회위원회Economic and Social Commission for Asia and the Pacific, ESCAP에서 추진하고 있으며 1992년 ESCAP에서 승인한 아시아육상교통 기반개발계획Asian Land Transport Infrastructure Development, ALTID의 세 축 중 하나로, 주로 기존의 도로망을 활용해 현대의 실크로드를 목표로 계획되고 있으나 외교 등 여러 문제가 얽혀 있어 실제 연결까지는 적지 않은 시간이 걸릴 것으로 예상된 다고 한다.

웅상대로를 따라가면 양산시 명동 입구에 잘 가꿔진 새마을 탑 소공원을 만난다. 국도 1호선 종주과정에도 느낀 바가 있지만, 새

221

아시안 하이웨이

마을운동이 다시 활기를 찾는 모습이다. 웅상대로에서 바라보면 천성산과 불광산이 좌우로 호위하고 있는 형국이다. 근처에서 근무하는 친구를 만나 점심식사를 함께할 수 있었다. 퇴직 후 재취업한 회사에서 중책을 맡아 바쁜 일정을 보낸다고 한다. 응원차 단숨에 달려온 친구도 반갑지만 친구와 오랜만에 함께할 수 있어서 더없이 좋았다.

울산 친구와 함께

울산 시내 입구에 조성된 문수체육공원이 넓게 자리를 잡았다.

잠시 쉬면서 깨끗한 숲길로 잘 조성된 산책로를 마냥 걷고 싶은 충동을 느낀다. 울산 과학관 앞 교차로의 조형물이 고래의 고장임을 알려준다. 오늘 이곳에서 친구들 만나는 기대감에 발걸음이 가볍다. 법원과 검찰청이 나란히 있고 뒤편에 커다란 쌍둥이 신청사가 거의 완공되어 10월에 개청이 가능하다고 한다.

광주지방법원에서 근무하던 친구가 서기관 승진을 해서 이곳 울산지방법원으로 발령을 받아 근무하고 있고 울산지방검찰청에는 군 복무를 함께했던 선임이 근무하고 있는데 최근에 연락이 되어 오늘 만날 수 있게 되었다. 30년 만에 만났지만 멀리서도 알아볼 수 있는 반가운 얼굴이라서 얼마나 반갑던지 퇴근길 직원들을 의식하지 못하고 뜨거운 포옹으로 얼싸안고 서로를 반긴다. 반가운 친구들을 만나서 이곳의 별미 고래 고기를 안주 삼아 회포를 풀 수 있어서 더없이 행복한 시간을 가질 수 있었다.

인생은 한 번뿐이다

친구의 배웅으로 시내까지 나오는 첫차에 오른다. 아침식사를 챙겨주지 못해서 못내 아쉬워하는 친구의 마음이 그저 고마울 따름이다. 이른 새벽시간인데 일터로 나가는 사람들이 많다. 이곳엔 일터가 많아서 사람들이 많이 모여든다고 한다. 지난 주말에 내린 폭우로 다소 피해는 있었지만 시내도로는 깨끗해진 느낌이다.

송정개발지구를 지나며

시내를 가로지르는 태화강 주변으로 아파트들이 즐비하게 들어서 있고 최근에 신축된 초고층 아파트도 눈에 띈다. 강변 공원이 잘 정비되어 운동하는 사람들과 자전거를 타는 사람들이 생각보다 많다. 시내를 벗어나 산업로를 따라가면 울산공항 있다. 지리적 여건으로 보아 공항 맞은편엔 송정개발지구가 개발 중에 있고 공항 주변 농경지도 머지않아 사라질 것 같다.

인근에 있는 중구보건소에서 근무하는 후배가 응원해주겠다고 마중을 나왔다. 2001년도에 행정자치부와 SBS서울방송이 공동주관하고 농협중앙회가 후원하는 제5회 민원봉사대상을 함께 수상했던 훌륭한 친구인데 해남이 고향이지만 이곳에서 공무원생활을 시작하게 되었고 이후 단란한 가정을 꾸렸다고 한다. 잠깐 동안이지만 함께 걸으며 이런저런 얘기를 나눴다.

울산공항 북서쪽으로 농공단지 규모의 공단이 눈에 띈다. 원래는 음성나환자들이 거주하던 시레새터민 마을인데 지금은 몇 세대 안 남고 대다수 일반인들이 운영하는 공장지대로 변모했다고 한다. 산업로를 따라가면서 노견 폭이 너무 좁아서 위험하다는 느낌을 받았다. 게다가 산업도시답게 대형트럭들이 계속해서 다니기 때문에 걷기엔 좋은 여건은 분명히 아니다.

울산시와 경주시의 경계구간 길목인 중산치안센터 인근 쉼터에 이색적인 조형물이 설치되어 있다. 울산 라이온스클럽에서 대형 사자상을 세웠고 경주시에서는 다보탑을 세워 천년고도의 이미지를 되새겨 준다. '여기 관문성 터에 옛날 영광을 바탕으로 살기 좋은 경주를 이룩해 보려는 간절한 소망을 담아 불국사 다보탑을 본뜬 탑을 세우고 작은 쉼터를 마련했다'는 경주시장의 안내 글이 있다.

불국사 보문단지

버스 승강장에 재난대피 안내판이 붙어있다. 자세히 보니 지진

경주 불국사

해일 발생 시 행동요령과 대피장소와 이동 경로, 긴급전화 등을 주
민들에게 알려주는 경주시 재난안전대책본부에서 마련한 것인데
우리 군에서도 원전 안전사고에 대비해서 벤치마킹해도 좋겠다는
생각이 든다.

산업로를 따라 불국사시외버스 정류장에 도착했다. 인근에 불국
사역이 있고 삼거리에 공원이 조성되어 있다. 이곳에 무영탑無影塔
과 영지影池에 얽힌 아사달과 아사녀의 애틋한 전설을 소재로 아름
다운 조형물을 세워 천년고도 경주의 영원을 기원하고 있다. 찜질
방을 찾아 버스로 보문단지로 이동했다.

보문단지 식당에서 본 글귀를 옮겨본다.

오만한 사람은 다른 사람에게 훈계하느라 자신을 돌아볼 여유가 없다. 다른 사람을 가르치려 들수록 그 사람의 가치는 추락한다.

— 레포 톨스토이

누군가 1마일을 함께 가자고 부탁하면 2마일을 같이 가주라고 하였다. 1마일을 같이 가자고 부탁하면서도 혹시나 하며 가슴 졸이던 사람에게 선뜻 2마일을 가주겠다고 말해보라 상대방이 느끼는 고마움이란 상상을 초월한다.

— 우렁각시 조기홍

배도 고픈 데다가 활력 충전을 위해 고기가 먹고 싶어서 식사주문을 하는데 오늘은 단체 예약손님들 때문에 원하는 식사를 할 수 없다고 한다. 다른 식당으로 옮겨서 삼겹살을 시키려는데 3인분이 기본이라며 3인분을 시키라는 아주머니의 말에 할 말을 잃었다. 아주머니 얼굴을 다시 훑어보았지만 역시 종업원 관상이다. 내 처지가 안쓰러웠던지 사장님의 배려로 삼겹살 대신 불고기 1인분을 1만 원에 낙찰을 보았다.

홍콩에서 온 췌인

8월 29일 경주조선온천호텔 찜질방에서 아침을 맞는다. 일반 찜질방에 비해 두 배 비싸지만 시설이 역시 호텔 수준이다. 오늘 하루는 쉬면서 오전에는 불국사와 석굴암을 구경하고 오후에는 편히 쉬었다가 내일 포항으로 출발할 요량이다. 시내버스에서 불국사 사진이 실린 중국어판 관광안내 책자를 내미는 외국인을 만났다. 홍콩에서 왔다며 자신을 췌인이라고 소개한 중년여성인데 아주 작은 키에 외모 또한 키에 비례한다는 느낌이다.

이틀간 부산 관광을 마치고 오늘 경주를 한 바퀴 둘러보고 내일 홍콩으로 돌아가는데 지금까지 86개국을 틈틈이 돌아보고 있다고 한다. 작은 체구지만 의외로 빠른 발걸음에서 내공이 느껴진다. 석굴암에서 불국사까지 2.5㎞를 걸어오면서 이런저런 얘기를 나누는데 영어와 중국어가 능통하고 일본어가 중급 정도, 우리말은 초급 정도 되는 외국어 실력에 나의 짧은 외국어가 더해져서 대화가 가능했다. 외국어 실력이 짧은 탓에 길바닥에 한문 몇 자 쓰면 이해가 쉽도록 3개국어로 대답을 해주고 한문을 잘 쓴다고 엄지손가락을 치켜세운다. 흔한 참나무를 가리키며 무슨 나무냐고 묻기에 혀를 약간 굴리며 Oak tree라고 했더니 우리나라에는 흔한 참나무가 홍콩에는 없는 나무라고 한다. 여행을 즐기는 이유를 물었더니 대답은 간단했다. 'You only live once 인생은 한 번뿐이다'라는 짧은 한마디가 가슴속에 메아리처럼 들린다.

四大天王象

1995년 불국사와 석굴암이 함께 유네스코의 세계 문화유산으로 등록되어 자랑스럽지만 석굴암과 불국사 경내에 있는 석가탑이 오랜 기간 보수 중이어서 안타까운 마음이다. 불국사는 신라 경덕왕 때 당시 재상이었던 김대성이 현생의 부모를 위해 창건한 사찰이고 석굴암은 전생의 부모를 위해서 창건했다고 한다. 아무튼, 신라 불교 미술의 뛰어난 조형미를 엿볼 수 있었지만 이러한 자랑스러운 문화유산을 외국인에게도 쉽게 설명할 수 있으면 좋으련만 짧은 외국어 실력이 못내 아쉽고 부끄러웠다.

불국사 입구에 있는 사천왕상을 유심히 바라보고 있기에 땅바닥에 四天王象사천왕상이라고 썼더니 四大天王象사대천왕상이라고 고쳐 쓴다. 나중에 알고 보니 중국어판 안내책자에 그렇게 표기되어 있었다. 불교문화에 관심이 많은 편이고 우리나라 사찰의 단청이 매우 아름답다고 한다. 다보탑에 대한 설명 대신 10원짜리 동전을 보여줬더니 고개를 끄덕인다. 외국어를 잘해야만 외국인과 대화가 되는 것은 아니다. 중요한 것은 여행지에서 누구를 만나 어떤 얘기를 나누느냐에 따라 여행의 보람과 가치를 더 하는 것 같다.

경주에서 포항까지

아련한 추억 한 조각

이른 아침 경주역 인근 성동시장이 북새통이다. 도로변은 노점상에 점령되어 차량통행이 어려울 지경이고 교통 경찰은 횡단보도 교통섬에 주차된 차량운전자 수소문에 열을 올린다. 국밥집 아주머니 왈, 이곳에는 평소에도 새벽시장이 열리는데 오늘은 추석 대목장이 겹쳐서 난장판이 따로 없다고 함박웃음이다.

일품 소머리 국밥을 먹고

미미식당 소머리국밥 맛이 일품이다. 예쁜 아주머니가 맛있는 국밥을 말아준다는 의미로 美味식당이라는 간판을 걸었다고 한다. 대한민국 어디를 가나 국밥집은 많지만 맛집은 분명히 따로 있는 것 같다. 게다가 셀프반찬은 골라 먹는 재미가 있고 바쁜 시장골목에서 어울리는 아이디어인 것 같다.

경주역 선동 새벽시장 풍경

　문화교류 행사를 하는지 시내 국도를 따라 터키 국기와 태극기가 나란히 걸려있다. 궁금해서 승강장에 서 있는 젊은 미씨아주머니께 물었더니 한국 사람이 아니란다. 외모로 봐서는 외국인 같지 않은 다문화 가족인가 싶다. 네이버에 물었더니 지방자치단체 외국인 주민 현황에 따르면 2013년 1월 1일 현재 144만 5,631명으로 전체 인구의 2.8%를 차지하고 있다고 한다.

　시내를 벗어나면서 드넓은 용강 산업단지가 자리를 잡고 있다. 다른 지역과 비교되는 풍경 중의 하나가 대부분 시내를 벗어나면 넓은 들녘이 나오는데 중공업이 발달한 이쪽 지역은 농경지보다는

유강대교에서 본 포항 상도지구

산업단지나 공업단지가 더 많은 것 같다. 네 잎 클로버 같은 신당교 차로를 지나 형산강과 나란히 이어지는 산업로를 따라간다.

추억의 한 페이지를 찾아

주유소가 있는 삼일휴게소 기사식당에서 그동안 갈고닦은 실력을 발휘해본다. 웃는 얼굴로 식당에 들어서면서 "안녕하세요?" 인사하며 거의 반사적으로 입구에 있는 커피 자판기를 가볍게 터치한 다음 물 한 잔 마시고 가겠다며 정수기로 다가가서 물을 한 컵 들이킨 뒤 나오면서 "감사합니다 가볍게 커피 한 잔 들고나와서 그

늘막 테이블에서 쉬어간다. 사장님의 넉넉한 미소에 감사드리고 싶다.

형산강을 가로지르는 강동대교를 건너 강동면 소재지를 지난다. 규모는 작은데 관공서는 물론이고 초등학교와 고층아파트 그리고 기차역까지 고르게 갖추고 있다. 유강터널을 통과하면서 차량 통행량이 많다는 것을 다시 한 번 실감한다. 일반차량도 많지만 지역의 산업 구조상 큰 트럭들의 통행량이 많아 위험하다는 생각이 든다.

포항이 가까워지면서 스무 살 시절의 추억 한 페이지를 찾아서 터미널로 향한다. 지금의 터미널 모습은 35년 전의 모습과는 많이 변했지만 형태는 비슷한 느낌이다. 1979년 어느 여름날 터미널 건너편 지금의 홈플러스가 자리한 식당에서 생전 처음 먹어보는 비빔냉면 먹는 방법을 몰라서 절반도 못 먹고 나왔던 기억이 되살아난다. 지금의 아내가 보고 싶어 광주에서 이곳까지 돌아갈 차비도 모자라는 단돈 5천 원을 들고 무턱대고 왔다가 밤새 어찌나 빗소리가 크게 들리던지 잠을 설쳤던 기억도 아련히 떠오른다. 아련한 추억 한 조각이 아내에 대한 애틋한 사랑으로 돌아온다.

털보 김선장

포항 시내를 빠져나와 영일대 해수욕장에 도착했다. 인적 없는 해변의 바다 위에 멋진 한옥 해상누각 영일대가 영일만을 지키고 있다. 영일대가 만들어지기 전에는 북부해수욕장이었는데 밤에는 야경에 취해 인기가 많은 포항의 명물이 되었다고 한다. 어쨌든 자연경관에 관심이 많은 나로서는 야경이 아름답다고는 하지만 바다 위에 인위적인 건축물이며 바다로 뻗어 나온 포스코 간척지가 별로 좋아 보이지는 않는다.

카메라를 잃어버리다

아뿔사! 카메라가 없다. 부산터미널에서 첫차로 포항을 경유하는 버스에 카메라를 두고 내린 것이다. 예전에 백두대간 종주과정에 휴게소에서 카메라를 분실한 경험이 있어서 이번에는 기어코 카메라를 찾겠다는 일념으로 네이버에 물어서 부산터미널부터 추적하여 영덕시외버스터미널 금화고속 관계자로부터 카메라를 찾아서 보관 중이라는 전화를 받기까지 약 30여 분이 흘렀다. 카메라도 찾았으니 기분 좋게 영일만 친구를 만나러 간다.

어제 수능시험을 치르는 날이라 여지없이 추위가 찾아왔고 오늘은 서울 경기지방에 첫눈이 왔다는 소식이 들린다. 환호해맞이공원을 지나는데 포항 해맞이초등학교 이정표가 눈에 띈다. 누군가 기발한 생각으로 학교 이름을 지은 것 같다. 영일만에 도착했지만 유행가 가사처럼 바닷가에서 오두막집을 짓고 살던 어릴 적 내 친구는 온데간데없고 포항 영일만항이라는 이름으로 축구장 몇 배 크기의 새로운 항만이 건설되었다.

해변마을에서 쉬어가다

곡강천의 끝자락 칠포해수욕장은 해상안전센터가 지키고 있다. 여름철 성수기의 인파 대신 갈매기들이 백사장을 차지하고 있다. 되돌아보니 호미곶이 바다로 나가는 악어처럼 보인다. 끝없이 펼쳐진 푸른 바다도 자세히 들여다보면 먼바다와 연안의 색깔이 다르게 보인다. 국도변 노상 커피숍에서 녹색연합에 근무하는 서재철 자연생태 국장님과 (사)한국산림기술사협회 임재은 부회장님을 만났다. 백두대간 생태보존과 지리산 둘레길 개발 등 자연생태 보존 및 산림 분야에 공헌하시는 귀한 분들이다.

포항시 북구 흥해읍 오도리 사방기념공원에서 쉬어간다. 1975년

칠포 해수욕장

봄에 박정희 대통령께서 사방사업 성공을 위해 순시가 있었던 곳
으로 주민들이 감사한 마음을 담은 기념비가 세워져 있다. 주변에
레스토랑 '사랑의 유람선'과 라이브 카페 '화이트하우스'가 관광지
의 분위기를 더하고 예쁜 펜션들이 여행객들의 발길을 붙드는 아
름다운 해변 마을이다.

　청하면 월포해수욕장, 초등학교 옆 간이식당에서 겨우 점심식사
를 할 수 있었다. 면 단위라서 식당이 거의 없다. 메뉴도 간단하다.
추어탕과 고디탕 중에서 선택하라고 한다. 궁금해서 고디탕이 뭐
냐고 물었더니 바다고동이라고 한다. 우거지고동탕으로 이해하면

쉬울 것 같다. 이해하기 어려운 것은 추어탕 역시 마찬가지다. 바닷가에서 웬 미꾸라지 추어탕이란 말인가?

국도를 따라가다 물 좋은 부경온천이라는 간판을 보고 살짝 들여다본다. 펜션이 크게 자리를 잡고 뒤쪽에 온천이 있다. 마음 같아서는 피곤한 몸과 마음을 탕 속에 담그고 싶지만 다음 기회로 미루고 발길을 재촉한다. 장사휴게소에도 쉬어가는 여행객들의 차량이 빼곡히 들어서 있다. 장사해수욕장은 국도와 연접해 있어서 갓길에 차를 세우고 백사장을 걷는 사람들도 있다. 보기 드문 풋살경기장이 시선을 끈다.

국내 최초 최대 화석전문 박물관

다양한 화석들이 전시되어 있는 경보화석박물관에 들어섰다. 1996년 개관한 개인박물관으로 우리나라 최초이자 최대 규모의 화석전문 박물관이다. 개인 수집가인 강해중 씨가 20여 년 동안 세계 각국을 돌며 수집한 화석을 모아서 개관하였다고 한다. 국토종단이 끝나고 내려가면서 자세히 둘러보기로 하고 오늘은 전체의 대강만 살핀다. 정말 대단하다는 생각이 든다.

소쿠리 모양의 구계항을 지나면서 바닷가로 일정 간격으로 예쁜 펜션들이 도열해 있다. 오션뷰 CC가 인접해 있어서 다른 지역에 비해 유동인구가 많아 보인다. 더구나 인접한 강구항의 대게 요리가 관광객들의 입맛을 사로잡는다. 오십천을 가로지르는 강구대교와 강구교에는 대게 조형물이 설치되어 멀리에서도 이곳이 대게의 고장임을 실감 나게 해준다. 오십천 끝자락에 펼쳐진 강구항 야경도 아름답지만 쌍수를 들어 격하게 환영하는 대게는 식욕을 자극한다.

털보 김선장님

강구시장에서 호탕하면서도 멋진 털보 김 선장을 만났다. 조양호 선장인데 유명세를 타고 있는 인물이다. 네이버나 다음 통합검색어로 '털보 김선장'을 치면 관련 글들이 주르륵 쏟아진다. 대게를 먹고 싶은데 기본으로 5마리를 삶아서 가족 단위로 먹는다는데 혼자 먹기에 부담스럽다고 했더니 내 처지를 이해하시고 3마리를 먹을 수 있게 배려해 주셨다.

한 마리에 12만 원을 호가하는 박달대게는 엄두도 못 내고 김 선장께서 추천해준 대게를 안주 삼아 저녁 늦은 시간까지 수고한 내게 소주 한 병을 포상했다. 하루의 피로를 해소할 수 있는 혼자만의 흐뭇한 시간이지만 맛있는 대게를 먹다 보니 아내 생각이 난다. 가족들과 함께하면 얼마나 좋을까? 내일은 가족들을 초청해야겠다는 생각만으로도 행복해진다.

해파랑 길

새벽에 강구항을 찾았다. 가는 길에 수족관에 남아있는 대게들이 어젯밤을 무사히 넘겼다고 인사를 고한다. 점박이들은 러시아 수입산이고 사납게 생긴 킹크랩도 러시아에서 건너왔다고 한다. 강구수협 위판장에 경매가 한창이다. 바다에서 배가 들어오면 즉시 경매가 이뤄지는데 구경하는 재미가 쏠쏠하다. 과메기를 엮을 청어와 큼직한 복어, 큰 고등어처럼 생긴 방어가 주로 잡히는데 해가 갈수록 어획량이 떨어진다고 한다.

영덕대게는 영덕군 강구항

어묵과 커피를 파는 컨테이너 가게 앞에서 어제 만났던 김길수 조양호 선장께서 먼저 알아보고 인사를 건넨다. 반갑게 인사하고 어묵값도 대신 내주신다. 함께 경매 구경도 하고 이런저런 이야기

동이 트는 강구항

를 나누다 보니 시간이 많이 흘렀다. 우리가 영광굴비로 알고 있는 굴비의 주산지가 영광군 법성면 법성포이듯이 영덕대게로 알고 있는 대게의 주산지는 영덕군 강구면 강구항으로 이해하면 쉬울 것 같다.

강구항에서 오랜만에 아름답고 따뜻한 느낌의 일출을 맞이하며 감탄하는데 주변 사람들은 무반응에 관심조차 없다. 맨날 보는 일출이 뭐 그리 대단하냐는 반응이다. 영덕대게로를 따라 걷는다. 청어과메기를 여기저기 할 것 없이 많이 말리고 있다. 과메기 덕장 앞에서 할아버지 한 분이 다른 사람과 다투고 사과를 했는데 그놈이

창포말 등대

사과를 받아주지 않는다고 할머니께 열변을 토하고 계신다.

　대부리와 창포리를 지나는 동안 과메기를 양껏 먹을 수 있었다. 지나가는 여행객들을 상대로 판매도 하고 홍보하면서 맛을 볼 수 있도록 서비스가 그만이다. 아침 식사를 못했는데 과메기 서비스 덕분에 웰빙식으로 대신한 기분이다. 그러나 공짜가 아니다. 여지 없이 명함을 챙겨주며 택배주문을 당부한다. 국립 영덕 청소년 해양환경체험센터 건물이 배 모양으로 건축되어 바다로 나갈 기세이고 '대양의 빛' 조형물은 영덕대게를 힘차게 들어 올린 형상이다.

　영덕 해맞이공원의 빨간 머리 창포말등대가 여행객들을 반긴다.

과메기 덕장

바닷가에서 많은 등대를 봤지만 대게의 집게다리를 형상화한 해맞
이공원의 창포말등대는 정말 멋진 디자인작품이라 칭찬하고 싶다.
1997년 산불로 황폐해진 이곳을 자연적인 공원으로 조성한 곳이라
는데 여행객들과 지역민들의 쉼터로 자리매김한 것 같다. 여기서
바라보는 동해바다는 또 다른 모습으로 다가온다. 경정마을의 횟
집 식당 물 회 맛이 일품이다. 나중에 알았지만 물회로 유명한 식당
이란다.

축산항의 블루로드 해안길

멀리서부터 시선을 끄는 축산항의 죽도산과 축산등대가 눈앞에 있다. 이곳은 영덕 블루로드Blue Road 중에서 B 코스인 푸른 대게길 15㎞ 구간에 해당하는 곳이다. 영덕 블루로드는 부산에서 강원도 고성에 이르는 해파랑길의 일부로, 영덕대게공원을 출발하여 축산항을 거쳐 고래불해수욕장에 이르는 도보여행을 위해 조성된 약 64.6km의 해안 길이다. 해파랑길은 동해의 떠오르는 해와 푸른 바다를 길동무 삼아 함께 걷는다는 뜻으로 부산 오륙도 해맞이 공원을 시작으로 강원도 고성 통일전망대에 이르는 총 10개 구간 50개 코스로 거리는 770㎞의 걷기 길이다.

축산항에서 사진리 구간 갯바위에 낚시꾼들이 촘촘히 박혀있다. 넓은 바다에 뱃길이 있겠지만, 거의 빈틈없이 그물이 드리워져 있어서 배들이 어떻게 지나다니는지 궁금해진다. 북한 잠수함이 왜 그물에 걸렸는지 조금은 이해가 되는 부분이다.

대진항까지 거의 바다와 인접하여 걷기 때문에 지루한 느낌은 없다. 누가 말했던가? '걷는다는 것은 침묵을 횡단하며 주위에서 들려오는 소리 들을 음미하고 즐기는 것이다.' 어느덧 해파랑길 22구간을 걷고 있다.

대진항에 도착할 무렵 우리 집 아내의 전화를 받았다. 큰딸 내외와 손주 녀석들, 그리고 부산에 있는 막내딸을 동행하고 응원차 강구로 오고 있다는 소식이다. 강구시장 김 선장 가게에서 만나기로 하고 버스로 되돌아 왔다. 멀리까지 운전하고 와준 사위와 가족들

243

이 고맙다. 저녁 식사는 영덕대게의 진수를 맛보도록 해줬다. 주거니 받거니 술잔이 오가는 동안 행복에 취해본다.

　가족들이 편하게 지낼 수 있도록 펜션까지 안내해준 김 선장의 배려로 객지에서 가족들과 함께한 소중한 시간을 추억의 한 페이지로 남길 수 있었다. 잠자리가 조금은 불편하지만 한 방에서 서로 부대끼며 떠들고 즐거워하는 가족들의 모습에서 또 하나의 행복이 묻어난다. 이래저래 견적은 쏟아졌지만 어찌 가족의 행복에 비할 수 있겠는가?

영해 대진항에서 울진 오산항까지

관동팔경
월송정越松亭

새봄을 맞이하여 자연과 교감하며 나 자신을 되돌아볼 수 있는 성찰의 시간을 가질 수 있어서 다행이라는 생각이 든다. 누군가 '세상의 길에 답이 있다'고 했다. 길을 걸으며 자신의 인생을 둘러싼 지난날의 과거와 현재 그리고, 미래를 설계하고 답을 찾아가는 그 길에 답이 있다는 말로 이제는 이해할 수 있을 것 같다. 내게 묻고 내가 대답하는 자신과의 대화를 통해 나 자신을 성찰해보는 좋은 기회인 것 같다.

해안도로를 따라

영해면 괴시리 전통마을에 들러 목은 이색 선생의 유적을 잠시 둘러보고 한옥마을 풍경을 카메라에 담는다. 대진항 어귀에는 망국의 한을 씻고자 바다에 뛰어든 항일애국지사 벽산 김도현 선생

후포항

의 애국충정을 기리는 도해단踏海壇이 자리를 지키고 있고 인근 대
진해수욕장은 여름을 기다리며 쓸쓸한 시간을 보내고 있다.

고래불 하계휴양소 옆 각리천에서 강태공들이 낚시를 즐기고 있
다. 바닷가에서 붕어낚시라니 뭔가 아이러니한 풍경이다. 해안도
로인 고래불로와 백사장 사이로 방재림이 잘 조성되어 여름철 피
서객들에게도 그늘을 제공하는 데 큰 도움이 될 것 같다. 근처에 청
소년 수련원과 야영장이 들어서 있다.

영리해수욕장 백사장에서 어느 효자 아들이 아버지의 친구분들
을 모시고 여행 중인 듯 기념촬영에 열중이다. 지금은 한산한 이곳

에도 여름날에는 많은 인파로 넘쳐날 것이다. 백석리 해안가에 칠보산 온천이 개발되어 성업 중이다. 국내에서 유일하게 마실 수 있는 음용수 온천이라고 한다.

후포항의 5일장과 커피 한 잔

울진군 후포항 인근에서 5일장을 둘러보고 커피 한 잔의 여유를 즐긴다. 새로 개발한 아메리카노 커피에서 향긋한 꽃향기가 난다는 바리스타 아가씨의 조언을 귀담아들었지만 내 입맛으로는 커피 향 말고는 느낄 수가 없었다. 하지만 드넓은 바다와 백사장 갈매기들의 합창은 길손에게도 잠시나마 여유를 느끼게 해준다. 혼자만의 행복한 시간이다.

후포등대가 있는 등기산 공원에서 내려다보는 풍경이 아름답다. 후포항부터 고래불해수욕장과 멀리 대진항까지도 한눈에 들어온다. 후포항 어귀에 조성된 공원에서 잠시 쉬어간다. 바닷가 마을을 지날 때마다 자연산 미역을 건조하는 풍경을 볼 수 있다. 주먹만 한 미역귀가 인상적이다. 말린 미역귀만 별도로 판매한다고 하는데 욕심은 나지만 사가지고 다닐 입장이 아니다. 인심 좋은 할머니께서 맛 베기로 하나 집어 주신다.

남대천을 지나 월송정으로

평해읍 거일2리 마을 앞에 영덕대게 유래비와 조형물이 설치되어 관심을 끈다. 서울에서 왔다는 부부가 부산 오륙도에서 출발해

월송정 가는 길

서 도보여행 중인데 아저씨께서 은퇴하고 계절에 따라 함께 도보
여행을 즐긴다고 한다. 내년에는 남해안 일주를 계획하고 있다고
자랑스럽게 이야기하는 부부의 모습에서 건강미와 따뜻한 부부애
를 느낄 수 있었다. 직산2리 마을 앞 공터에서 큰 멸치처럼 생긴 양
미리를 말리는 아주머니들의 수다가 한창이다. 뉘 집 서방인지 모
르지만 재잘거리는 아낙네들의 간식거리가 된 것 같다.

남대천을 건너 월송리 해변에 금강송이 아름답게 우거진 월송정
에 올랐다. 관동팔경 중의 하나로 신라 시대 화랑들이 울창한 송림
에서 달을 즐기며 선유하였다는 정자로 알려져 있다. 가족 단위 여

월송정

행객들이 한참을 떠들고 간 뒤 걸음마를 겨우 땐 귀여운 꼬맹이가
엄마를 따라 뒷걸음질을 하는데 지켜보는 엄마의 눈가에 미소가
한 가득이다.

7번국도 동해대로를 따라

울진비행훈련원을 지나 기성파출소 옆 한옥집이 시선을 끈다.
금강송과 황토벽돌로 지었다고 하는데 한옥집과 어울리게 조경에
도 많은 공을 들인 것 같다. 시선을 사로잡는 향나무 5그루는 200
년 이상 된 걸작이고 나뭇값이 4억5천을 얘기하는데 놀라울 뿐이

다. 멀리서온 손님이라고 다방에서 배달 커피를 시켜주시는 주인장의 호의에 감사한 마음이다. 수정원이라는 명함을 건네받고 발길을 재촉한다.

국도변에서 커다란 부처님을 볼 수 있다. 영명사라는 절에서 모신 부처님인데 주변에 걸린 현수막 내용을 보니 추모공원 납골당을 안치한 것 같다. 기성 망향 해수욕장 솔밭에는 야영하는 캠핑족들이 주말을 즐기는 것 같다. 언젠가는 모두가 즐겨야 할 가족들만의 휴식이 아닌가 싶다.

해돋이의 명소로도 알려진 망양휴게소에 많은 나들이객 인파가 붐빈다. 화장실에서도 바다 풍경을 볼 수 있도록 배려한 아이디어가 돋보인다. 2층에서 둘러보는 경치가 매우 아름답다. 커피숍은 빈자리가 없을 정도로 성업 중이고 주변 갯바위는 바다 낚시꾼들이 모두 점령하고 물고기들과 기 싸움을 벌이고 있다.

7번 국도 동해대로를 따라가다 덕신교차로에서 원남면 덕신리 오산항으로 접어든다. 마을이 드문드문 옹기종기 모여 있고 항구가 아담하면서 잘 정돈된 느낌이다. 겨울을 보내고 다시 찾은 동해 바다의 낯선 항구에서 인생의 하루를 마무리한다.

울진 오산항에서 울진 북면까지

관동팔경
망양정望洋亭

오산항 레저시설 관리사무소 신축공사를 준비하느라 어수선한 분위기다. 다른 항구와는 달리 한쪽에는 요트도 정박 중이다. 인근에 신축 중인 펜션건물은 여름 성수기에 맞춰 부지런히 단장 중이다. 새벽녘에 비가 약간 지나갔지만 화창한 날씨다. 일기예보는 오후에 비가 예보되어 있어서 걸음을 재촉하려는데 아내에게 전화가 왔다. 광주엔 비가 오고 있어서 걱정스런 목소리로 안부를 묻는다.

푸른바다가 펼쳐진 망양정에 올라

관동팔경의 하나인 망양정에 올라보니 아름다운 경관이 한눈에 들어온다. 동해의 푸른 바다와 멀리 죽변항까지 혼자 보기에 아까운 절경이다. 가족이 함께하면 좋은 시간일 텐데 아쉽다. 국토종단을 하면서 가족에 대한 애틋한 마음이 더 커가는 것을 느낀다. 가족

망양정

의 소중함을 모르는 사람이 없겠지만, 백두대간 종주 과정에 대야산에서 죽음의 공포와 맞서던 순간, 국토종단 과정에 맛보는 육체적 고통, 자신과의 약속을 지키기 위해 힘겨운 행진을 해오면서 나에게 가족이란 이름은 항상 위안이었고 그 가족과 함께하는 시간은 늘 행복했기 때문이다. 그래서 힘들 때마다 가끔씩 나는 정말 행복한 사람이라고 되뇌어본다.

 망양정 해맞이 공원의 울진대종은 많은 이들의 정성이 더해진 것 같다. 새해 일출을 보기 위해 모여드는 인파가 엄청나다고 한다. 평소에도 일출을 보기 위해 여행객들이 많이 찾는다고 한다.

죽변항

대양을 바라보며 찬란하게 떠오르는 일출을 볼 수 있다면 얼마나
좋을까? 언젠가는 내게도 기회가 올 것이라는 희망을 가져본다.

남대천을 가로지르는 울진대교를 건너

인근 왕피천은 주변 공사가 한창이고 건너편에 엑스포공원이 넓
게 자리하고 있다. 왕피천 대교를 건너 7번 국도를 따라 남대천을
가로지르는 울진대교를 건너 울진읍을 우회하는 국도를 따라가다
북부교차로에서 해안 길로 접어든다. 골장항 주변으로 녹색경관
길이라는 바닷가 산책로가 자전거도로와 함께 조성되어 있고 쉼터

엔 철쭉꽃이 예쁘게 피어서 주변 경관을 더욱 아름답게 비춰준다. 도로 위쪽으로 마을이 아담하게 자리 잡고 아래쪽으로 항구가 있어 해일에도 안전할 것 같은 평온한 마을이다.

죽변항으로 가는 길에 왕년의 복싱 스타 박찬희 챔피언의 회 식당이 눈에 띈다. 시내 도로변에 500년 향나무가 보호수로 지정되어 관리되고 있는데 울릉도에서 떠 내려와 이곳에 정착했다는 전설도 재미있다. 죽변항 풍경은 다른 항구에 비해 규모가 큰 편이다. 선창가에 늘어선 차량만큼이나 많은 여행객들이 붐빈다. 넓은 야적장에는 그물 손질이 한창이고 어선들은 출항준비에 바쁘고 한쪽에는 군함이 버티고 있다. 건너편 방파제 쪽으로 보이는 냉동공장 규모로 보아 죽변항의 규모를 대략 짐작할 수 있을 것 같다.

드라마 촬영지로 유명한 곳

드라마 촬영지로 많이 알려진 곳으로 여기저기 안내판이 많이 붙어있다. 어판장에서 문어 경매가 반짝 진행되는데 사람 머리통만 한 문어도 있다. 1kg에 경매가 23,000원 정도인데 손님들에게 35,000원씩 판매한다. 주변 어시장은 대게와 생선회를 찾는 손님들이 너무 많아서 아우성 들이다. 어쩌면 사람구경 하는 것이 더 재미있는 것 같다.

죽변면사무소를 중심으로 항구도시가 형성되어 인구도 많이 거주하는 것 같다. 죽변항을 벗어나면서 울진원전 관련 회사들의 아파트단지와 이주민들이 정착할 수 있도록 조성한 덕천 이주단지가

울진 후정리 500년 향나무

눈에 띈다. 얼마나 갈증이 나던지 평소에는 오히려 피하는 탄산음료수 한 병을 단숨에 마셔버렸다.

울진북로를 따라가다 보면 신한울건설소신울진원자력발전소 현장을 지나는데 도로에서 내부는 볼 수 없도록 되어있다. 길가에 핀 노란 민들레 꽃이 너무 예뻐서 카메라에 담았다. 우리 지역에서는 거의 볼 수 없는 해양바이오 산업연구원, 해양과학 기술원, 해양과학 연구단지 등 시설들이 규모 있게 들어서 있고 마을 앞 농경지는 경지 정리가 되어 근처에서 가장 큰 들판인 것 같다.

부구천을 건너면서 비가 내리기 시작한다. 우리나라 기상청 예보수준을 실감하는 순간이다. 북면사무소가 있는 부구터미널에서 일정을 마무리하고 귀가를 서두른다.

울진 북면에서 삼척 근덕면까지

풍경 속의 낭만가도

관광객은 구경하고 여행자는 찾아다닌다. 똑같은 세상을 전혀 다른 시각으로 바라보기 때문에 삶의 모습 또한 달라지는 것이다. 오늘도 이곳까지 힘들게 찾아온 것은 여행을 즐기기 위한 방법 중의 하나일 것이다. 도보여행이 힘은 들지만 건강에 좋고, 생각할 여유도 있고, 혼자 길을 걸으며 생각을 키우는 것도 큰 즐거움이다. '세상은 넓게 보고, 생각은 크게 하고, 가슴은 활짝 열어두자' 내 생각이다.

울진군 고갯길을 넘어 강원도로

조용한 어촌마을을 뒤로하고 즐거운 마음으로 발걸음을 재촉한다. 울진군 북면 나곡리 고포터널이 지나가는 고갯길 정상 부근에 경상북도의 도화道花 백일홍 꽃동산이 조성되어 있다. 2000년 4월

가곡의 솔섬

에 발생한 동해안 산불 당시 민·관·군이 합심하여 산불을 진화하고 피해 지역인 이곳에 꽃동산을 조성했다고 한다. 고갯길을 넘으면 한국관광의 일 번지 강원도에 들어선다.

강원도와 경상북도의 경계를 이루는 고개 정상에 '강원도의 관문 동굴의 도시 삼척'이라는 표지석이 길손을 반기고, 한쪽에는 '자유 수호의 탑'이 긴 세월 동안 반공정신을 일깨우며 자리를 굳건히 지키고 있다. 드디어 강원도에 들어섰다고 생각하니 마음이 조급해진다. 머지않아 설악산 진부령에 있는 기념비 공원에 세워둔 '백두 대간 종주기념비'를 만나볼 생각에 가슴이 설렌다.

삼척시 원덕읍 월천교를 건너면서 보이는 하천과 바다가 만나는 합류지점에 형성된 솔 섬이 이채롭다. 하천에서 밀려온 토사와 해변 백사장이 만나는 곳에 소나무 군락지가 형성되어 아름답게 시선을 끈다. 인근에 한국가스공사에서 건설 중인 LNG 생산기지 가스탱크가 원자력발전소 돔처럼 생겨서 발전소를 건설하는 것으로 착각할 지경이다.

원덕읍 호산항과 작전항 사이에 대규모 삼척 종합발전 일반산업단지가 조성 중이다. 호산 LNG 생산단지와 함께 엄청난 규모의 산업단지가 들어설 예정이다. 조용한 어촌마을이 산업화 과정에 들어선 듯 제천~삼척 간 동서고속도로 개설을 촉구하는 현수막이 여러 곳에 붙어있어 지역민들의 숙원사업인 것 같다.

임원항에 도착하니 분위기가 사뭇 다르다. 여행객들과 차량들이 뒤엉켜 어수선한 분위기이고 입구에 도열한 횟집 거리에 많은 관광객들이 찾는 곳이지만 예나 지금이나 변함이 없이 어물시장 같은 이미지는 그대로다. 그래도 관광버스와 승용차들이 도열해 있고 뒤늦게 들어온 차량들이 좁은 틈이라도 주차를 하기 위해 재주를 부리는 모습들이 가관이다.

원덕수퍼가 이곳의 정류소 역할을 하는 듯 버스를 기다리는 사람들과 군인들이 서성인다. 아담하게 자리 잡은 임원초등학교 벚나무 고목들이 학교의 역사를 말해주는 것 같다. 뒷동산에는 삼국유사에 나오는 설화를 바탕으로 절세가인 수로부인과 부인의 미모를 탐낸 해룡과의 이야기를 조각공원 형태로 조성 중이다.

설화와 전설이 머무는 곳

작은 어촌마을 신남항에도 재미있는 전설을 소재로 '해신당 공원'을 조성해 관광객을 불러들이고 있다. 결혼을 약속한 애랑 처녀와 덕배 총각에 얽힌 '해신당海神堂과 애바위 전설'을 소재로 공원을 조성해 입장료 수입과 더불어 지역경제에도 도움이 되는 것 같다. 동해안 자체가 관광지라는 프리미엄과 함께 볼거리를 살짝 더하는 자치단체의 감각이 돋보이는 대목이다.

갈남항 입구에서 바라보는 해안풍경이 아름답다. 바다 위에 떠 있는 월미도는 갈매기들의 천국인양 목청껏 떠들어 댄다. 해변에 텐트를 치고 야영을 즐기는 청춘들이 부럽다. 이어지는 장호항 어촌체험마을도 하루 정도 쉬어갔으면 좋겠다는 생각이 드는 곳이다. 가족 단위 여행객들의 숙박이 많고 언덕에 있는 관광랜드 주차장에는 캠핑카들이 점령하고 있다.

용화해변

용화해변 민박 팬션마을에도 많은 사람들이 붐빈다. 해양 레일바이크 이용객을 위한 전용주차장이 마련되어 휴일을 맞은 관광객들이 편리하게 이용하는 것 같다. 동해안 경치를 즐기며 삼척에서 고성에 이르는 낭만가도를 따라 자전거 여행을 즐기는 청춘들과 도보여행을 즐기는 여행객들도 간혹 눈에 띈다.

장호항과 용화해변이 함께 내려다보이는 전망대에서 스리랑카에서 온 근로자들을 만났다. 이곳 인근에 있는 근덕면에서 일하는

수로부인 헌화공원, 바다의 해룡이 절세가인 수로부인에 반했다는 삼국유사 설화를
바탕으로 공원을 조성했다.

청년들인데 휴일을 맞아 함께 놀러 왔다고 한다. 아빠와 함께 멋진
오토바이를 타고 포항까지 간다며 자랑하는 꼬마가 힘들게 걸어
다니지 말고 아저씨도 오토바이를 타고 다니라고 일러준다. 말이
라도 고마운 일이다.

　근덕면 초곡해변 쉼터에서 친구 둘이서 삼겹살 파티가 한창이
다. 소주 한잔 권하는 인심을 거절할 수 없어서 자리를 꿰차고 앉았
다. 세상 돌아가는 이야기에 효심이 지극한 술친구의 부모님 이야
기를 듣다 보니 1시간이 훌쩍 지나가 버렸다. 여행지에서 생전 처
음 보는 낯선 이들과의 만남 또한 여행의 즐거움이 아니겠는가?

레일바이크

초곡항 입구에 1992년 바르셀로나 올림픽 마라톤 금메달리스트 황영조 선수를 기념하는 공원이 조성되어 있고 마을 어귀에 기념 관이 건립되어 당시에 온 국민들의 가슴을 뭉클하게 했던 큰 감동 을 맛보게 해준다. 백사장이 길게 늘어선 원평 해변에서 영화촬영 이 한창이다. 스텝들이 감독의 지시에 따라 열심히 움직인다. 사진 을 찍지 말라는 어느 스텝의 목소리가 얼쩡거리지 말고 빨리 가라 는 소리로 들린다.

레일바이크 종점

궁촌해변 정류장은 레일바이크 종점이라서 많은 차량들이 대기하고 있다. 가까이 보이는 곳에 공양왕릉이 있다. 공양왕은 서기 1392년 7월 12일 폐위된 후 원주로 쫓겨났다. 이로써 고려는 34대 475년 만에 멸망했고, 공양왕은 이성계의 조선개국과 더불어 간성으로 추방됐다가 2년 뒤 삼척에서 시해돼 역사 속으로 사라졌다. 이곳이 그의 아들 왕석, 왕우 3부자의 묘소로 알려져 있다.

정몽주에 의해 왕으로 추대되지만 바람막이였던 정몽주마저 이방원의 철퇴에 무너지고 실권 한 번 제대로 잡아보지 못한 채 비참한 최후를 맞이했을 공양왕 일가를 생각하니 가슴이 먹먹해진다. 씁쓸함을 뒤로하고 삼척로를 따라 마읍천 동막교를 건넌다.

관동팔경
죽서루竹西樓

비가 온다는 예보가 있었는데 의외로 날씨가 좋은 편이다. 맹방 해수욕장 해변에는 벌써부터 캠핑족들의 보금자리가 되었다. 동해의 푸른 바다와 길게 뻗은 명사십리 백사장에 솔밭이 어우러진 해수욕장 풍경이 끝이 없는 것처럼 보인다. 삼척으로 넘어가는 고갯마루 정상에 맹방해변과 삼척항이 양방향으로 조망하기 좋은 쉼터에서 카메라를 열심히 들이대는데 흐린 날씨 탓에 아쉬움이 많이 남는다.

삼척의 자랑 죽서루

삼척역 주변은 동양시멘트 공장이 독차지하고 있는 느낌이다. 관동팔경의 제일루이면서 삼척의 자랑 죽서루보물 제213호를 찾았다. 조선 시대 삼척부의 객사였던 진주관의 부속건물로서 접대와 향

죽서루

연을 위한 공공장소로 활용되기도 하고 시인 묵객들의 정신수양을 위한 휴식공간으로 활용되었다고 한다. 오십천 절벽 위에 바위의 형상을 그대로 이용해서 세운 누각은 주변 경치와 더불어 정말 아름다운 경관이다.

　시내를 가로질러 삼척해변으로 향한다. 깨끗하게 정비된 해변 주차장 한쪽은 캠핑카와 텐트들이 차지하고 있다. 커피전문점에 'Take out'이라는 표현이 맞는지 네이버에게 물어봤다. '들고 나간 다'는 표현인데 커피뿐만이 아니라 음식을 포장해 가는 경우에도 쓰는 표현으로 호주나 뉴질랜드에서는 'Take away'라는 표현을 쓴다고 한다. 외국에서는 손님에게 물어볼 때 in? or out? 이렇게 물어보는 것이 일반적이라고 한다.

삼척시 증산해변과 동해시 추암해변 사이에 신라 장군 이사부 사자공원이 조성되어 아름다운 추암해변과 더불어 관광객을 불러들이는 곳이다. 신라 지증왕 13년서기 512년 지금의 울릉도인 우산국을 정벌한 이사부 장군이 지금은 삼척시의 경제에 도움을 주고 있다. 특히, 추암 촛대바위 주변의 기암괴석은 애국가 첫 소절의 배경화면으로 유명한 곳으로 해돋이가 장관을 이루는 해상 선경이다.

해오름의 고장 동해시

해 오름의 고장 동해시에 들어선다. 해안 쪽으로 북평 국가산업단지에 GS동해전력 건물을 비롯해서 많은 시설들이 들어서고 동해송정 일반산업단지와 대형화물선으로 가득한 동해항까지 점차 공업 도시로 변해가는 모습이다. 아름다운 추억을 찾아서 묵호항 여객선터미널을 찾았다. 몇 년 전에 결혼기념일을 맞아 사랑하는 아내를 위해 깜짝 이벤트로 울릉도와 독도여행을 다녀왔던 곳으로 지금도 변함없이 많은 관광객이 줄을 선다.

묵호항 주변에도 엄청난 인파가 몰려있다. 연휴기간동안에 우리나라 국민 대다수가 동해안으로 몰린 것 같다. '독도는 우리 땅!'이라고 현수막을 내걸고 엿을 파는 할아버지 할머니는 밀려다니는 사람들 사이에서 더욱 신나게 목청을 높인다. 인생 말년에 노부부가 선택한 직업치고 괜찮은 직업인 것 같다. 항구 모퉁이 수변공원

조선시대 설화를 배경으로 조성된 문어상

조형물에 붙어있는 생선들이 식욕을 부추긴다.

복을 내리는 문어

삼양비취타워 앞에 문어 조형물이 제단처럼 모셔져 있는데 이곳에 얽힌 설화가 재미있다. 조선 중엽에 이곳을 지키던 호장이 침입자들에게 잡혀가다 배가 뒤집혀 죽었는데 큰 문어로 환생해서 도망치는 다른 배를 뒤집어서 모두 죽여 버린 후부터 마을이 평온해지고 착한 이가 마을을 지나가면 복을 받고 죄를 지은이가 지나가면 그 죄를 뉘우치게 해준다고 한다. 곁에 있는 까막바위는 서울에 있는 국보 제1호 남대문의 정 동쪽에 위치한다는 표지석이 서 있는데 생김새로 봐서는 사람 얼굴 옆모습의 문인석처럼 서 있다.

대진항 어귀에 큰 배 모양의 회 센터가 시선을 끈다. 성수기엔 어떤지 모르겠지만 손님이 별로 없어서 조금은 걱정이 앞선다. 광장 한쪽에서 숯불을 피워 고기를 구워 먹는 중년들이 기타반주에 맞춰 깡통을 두드리며 동해바다로 고래 잡으러 떠나자고 목청을 높이는데 귀엽게 봐주기엔 너무 짜증이 날 지경이다. 지역주민들이 볼 때 얼마나 꼴불견일까?

오토 캠핑리조트

망상역을 지나면서 고속도로와 국도, 철도 인접해서 나란히 함께 달린다. 넓은 백사장과 울창한 송림이 어우러진 동해안 제일의 해수욕장으로 알려져 연간 약 700만 명의 피서객들이 다녀간다고 한다. 우리나라 최초로 자동차 전용 캠핑리조트가 생기고 각종 편의시설이 확충되면서 사계절 관광지로 변모해가고 있다고 한다.

옥계항은 동해안에서 유일하게 농경지로 둘러싸인 특이한 항구다. 백두대간 석병산과 자병산 계곡으로 이어지는 낙풍천과 주수천이 만나는 광포나루 끝자락에 위치해 집들이 옹기종기 모여 앉은 다른 항구와는 사뭇 다른 풍경이다. 삼각주에 형성된 문전옥답 농경지가 시대의 변천에 따라 일반산업단지로 열심히 변모해가고 있다.

강릉 옥계항에서 강릉 사천진항까지

청춘들의 고향,
정동진

옥계해수욕장 주변 송림 숲이 오랜 세월 동안 잘 보전되어 온 것 같다. 해수욕장으로 천혜의 조건을 갖추고 있지만 주변에 무질서하게 자리 잡은 주택들이 아름다운 경관을 해치고 있는 느낌이다. 송림숲속에 자리 잡은 한국 여성 수련원이 좋아 보인다. 금진해변부터 심곡항까지 이어지는 해안선 철조망이 보기에도 답답하지만 마음까지 무겁게 한다.

깊은 골짜기 마을

깊은 골짜기에 있는 마을이라는 뜻의 심곡마을 성황당이 유난히 눈에 띈다. 근처 마을을 지날 때마다 유난히 성황당이 잘 보전되고 눈에 띄는 것은 바다를 터전으로 살아온 조상들로부터 물려받은 문화유산이자 지역적인 특색인 것 같다. 정동진의 랜드마크처럼 되어

정동진의 랜드마크 썬크루즈 리조트

버린 썬크루즈 리조트가 어둠을 헤치고 나타난다.

1994년 SBS 드라마 '모래시계'의 배경으로 방영되면서 화제를 모았던 곳으로 멋진 일출을 기대하며 많은 젊은이들이 찾는 곳이다. 오늘도 백사장을 가득 메운 젊은 청춘들과 함께 멋진 오메가 일출을 기대했건만 다음 기회를 기다리라는 듯이 구름 속에서 얼굴을 내민다. 새로운 건물들이 들어서고 물가도 만만치 않다는 느낌이다.

강릉방면으로 언덕배기에 6·25남침 사적탑이 있다. 1950년 6월 25일 북한의 남침 개시시간보다 1시간 먼저 새벽 3시에 북괴군 특수부대의 선발대가 이곳 등명동 해안으로 침투하여 6·25가 최초로 발발한 역사의 현장이라고 한다.

강릉 통일공원 함정전시관은 외관만 살피고 간다. 1996년 안인진으로 침투하다 그물에 걸린 북한 잠수함도 나란히 전시되고 있다. 강릉까지 해안도로가 연결되지 않아 안인항에 율곡로를 따라 내륙으로 접어든다. 바다 풍경이 멀어지면서 '행복'에 대해서 생각해본다. 누구나 행복을 꿈꾸며 살아가지만 과연 '행복'이란 무엇일까?

충실한 삶이 진정한 행복이다

단순하게 생각하면, 물질적으로 풍요를 누리면서 정신적인 풍요로움이 넘칠 때 우리는 행복이라는 감정을 느끼는 것 같다. 하지만 대부분 사람들은 다른 사람이 나를 어떻게 생각하는지 걱정하며 살아간다. 이렇듯 다른 사람의 기대감에 살아가게 되면 정신적인 풍요는커녕 오히려 스트레스로 다가올 것이다.

중요한 것은 다른 사람이 나를 어떻게 생각하는지 확실하게 알 수 없다는 것이다. 자신의 마음을 들여다보고, 자신의 생각을 쫓아가며 자신에게 충실한 삶이 인생의 궁극적인 행복이 아닐까 생각한다. 물론 타인의 눈을 의식하지 않을 수는 없지만, 그것보다는 자신이 하고자하는 의지와 마음에서 우러난 행동에 충실한 삶이 진정한 행복이라는 생각이다.

문향과 예향의 도시 강릉에 도착했다. 국밥집에 걸린 글귀가 눈에 들어온다.

강릉 경포대

머리에는 지혜를

가슴에는 사랑을

손발에는 근면을

    강릉종합터미널을 지나 경포대로 향한다. 선교장과 오죽헌은 기회가 있을 때 몇 번 다녀온 곳이라서 오늘은 그냥 지나친다. 경포호 주변의 에디슨 과학박물관과 안성기 영화박물관에도 많은 사람들이 줄을 서는 모습이고 경포대 해수욕장은 평일인데도 많은 사람들이 밀려든다. 관광객을 태우는 마차도 덩달아 바쁜 모양새다.

경포대 경포해변

경포대鏡浦臺는 1971년 12월 16일 강원도유형문화재 제6호로 지정되었으며 관동팔경의 하나이다. 현재의 경포대 건물은 1745년영조 21년 부사 조하망이 세운 것으로 낡은 건물은 헐어내고 홍수로 인하여 사천면 진리 앞바다에 떠내려온 아름드리나무로 새롭게 지은 것이라고 한다. 그러나 1873년고종 10년 강릉부사 이직현이 중건한 것이라는 설도 있다. 경포호수와 솔밭, 동해의 청파에 떠도는 백조, 추석 달맞이 등이 매우 아름답다고 한다.

경포해변은 동해안 최대의 해수욕장이자 관광지의 명성을 그대로 반영하듯이 인근 사근진 해변까지도 자동차와 사람들로 몸살을 앓을 지경이다. 경포해변에서 가까운 지리적 위치 때문인지 사천진항에도 갯바위에까지 사람들이 많이 몰려있다. 이곳에도 관광어촌으로 알려지면서 횟집을 비롯하여 숙박시설들이 들어서고 언제부터인지 물회가 대표 음식으로 알려지면서 관광객들이 많이 찾는다고 한다.

관동팔경
낙산사 의상대義湘臺

이른 새벽녘 사천진해변 솔밭에 의외로 많은 텐트가 둥지를 틀고 있는 것을 보고 내가 살고 있는 지역과는 관광객들의 패턴이 다르다는 생각이 든다. 젊은 세대들이 머물면서 자연을 즐기며 휴식하는 모습들이 부러울 따름이다.

연곡으로 가는 길 수산과학원 동해수산연구소를 지나면서 낭만가도와 동해안 종주 자전거도로가 이어지는 아름다운 솔밭 길을 만난다.

백두대간 능선을 따라

연곡해변은 철조망에 가로막혀 있다. 가운데 통문이 백사장을 오가는 유일한 통로인 것 같다. 동해의 푸른 물결 위로 주문진항이 그림처럼 다가온다. 서쪽으로 대관령 풍력단지와 오대산국립공

남애항 솔숲

원을 중심으로 백두대간 능선이 점봉산과 설악산으로 능선을 따라
이어진다. 눈에 보이는 것이 모두 좋을 수만은 없듯이 고압선 철탑
들은 필요한 것들이지만 목에 걸린 생선 가시처럼 왠지 못마땅하
게 느껴진다.

　주문진항 초입에 들어서는데 알록달록 여성들이 집에서 편하게
입는 홈웨어 패션이 울타리를 따라 전시되어 있다. 철망 울타리를
이용한 기발한 아이디어와 여태까지 못 보던 광경이라서 카메라에
담았더니 주인아주머니께서 넉넉한 미소를 보내며 사모님도 하나
사주라고 권한다. 과연 우리 집 아내가 저걸 입을까? 입고 있는 모

습을 상상하니 웃음이 난다.

주문진항의 명성만큼이나 항구에는 배들이 가득하고 규모 있는 수산시장과 도로 양쪽으로 건어물 상가들이 즐비하고 손님들도 밀려다닌다. 항구 어귀에 자리 잡은 방파제 회 센터가 이름만 다를 뿐 똑같은 명찰을 달고 손님을 기다리는 것이 인상적이다.

주문진 등대를 돌아서 소돌항 아들바위 공원을 지나가듯 구경한다. 지명유래에서 알 수 있듯이 이곳에서 기도하면 아들을 낳는다는 아들바위와 바다가 만들어낸 듯 기암절벽과 암반들이 아름다운 풍경의 작은 공원을 만들어 놨다.

고래사냥

1984년 한국영화의 최고흥행을 기록하고 아직까지 기억에 남아 있는 배창호 감독의 '고래사냥' 영화 촬영지로 유명한 남애항에서 잠시 머물러 간다. 어판장에서 가자미 경매가 한창이고 푸른색 대야에 담겨진 가자미들이 알아듣지 못할 경매사의 언행으로 팔려나간다. 전망대에서 둘러보는 경치도 무척 아름다운 곳이다.

바닷가에 있는 '관음성지 휴휴암休休庵'에 들렀다. 별로 기대하지 않았는데 경치가 무척 아름다운 곳이다. 부처님 오신 날을 계기로 많은 신도들과 관광객들이 모여든다. 입구에 있는 굴법당窟法堂에 모셔진 부처님의 진신사리도 구경할 수 있고 커피숍이 있어서 풍광을 즐기며 여유를 느낄 수 있는 곳이다.

하조대

인조 잔디 구장이 있는 하조대 해수욕장

38선 휴게소를 지나 조선의 개국공신 하륜과 조준이 잠시 은거
했다 하여 두 사람의 성씨를 따서 부르게 된 하조대河趙臺에서 쉬어
가기 좋은 곳이다. 빼어난 경관도 아름답지만 하늘에 무지개가 떠
올라 모두가 감탄사를 연발한다. 무아지경에 이를 무렵 시끄럽게
떠들어대는 중국 관광객들이 몰려온다. 한마디로 배려나 양보라는
개념이 없는 사람들 같다.

인조 잔디 구장이 갖춰진 하조대 해수욕장을 보면서 내 고향에
도 옥빛 푸른 물에 백사장이 5Km가 넘을 듯 보이는 이런 해수욕장

낙산사 의상대

이 하나만 있어도 얼마나 좋을까? 욕심을 부려본다. 동호인들이 펼
치는 축구 경기가 격렬하듯 가족들의 응원도 날씨만큼이다 뜨겁게
느껴진다. 멀지 않은 곳에 양양국제공항이 보이고 쏠비치호텔 앤
리조트가 독특한 형태로 다가온다.

유명한 남대천을 가로지르는 낙산대교를 건너면서 한눈에 들어
오는 설악산을 맞이한다. 우뚝 솟은 대청봉1,708m과 북쪽으로 공룡
능선을 바라보며 백두대간 종주할 때의 기억을 잠시 더듬어 본다.
양양읍 조산리 송림마을 소나무 숲길이 너무 아름다워 동해안 최
고의 솔밭 길로 추천하고 싶을 정도다.

낙산사 도립공원, 조산 삼거리 아름다운 솔숲

신라 고승 의상이 좌선하던 의상대

낙산항에는 사람보다 자동차가 더 많은 것 같다. 연휴를 맞아 엄청난 관광객이 몰려든다. 자동차보다 도보로 이동하는 내가 훨씬 자유롭고 빠르다. 낙산사와 의상대 일원을 둘러보았다. 1995년 산불화재로 많은 부분이 소실되었지만 지금은 국민들의 성원으로 모두 복구되어 성원에 보답하는 것 같다.

의상대義湘臺는 강원도 양양군 강현면 전진리 동해안에 있는 정자로, 강원도유형문화재 제48호이다. 낙산사에서 홍련암의 관음굴로 가는 해안 언덕에 자리 잡고 있다. 신라의 고승 의상義湘이 낙산사를 창건할 때 좌선하였던 곳으로, 1925년 8각형 정자를 짓고 의상대라 명명하였다.

관동팔경의 하나인 의상대를 지키던 관음송 절반이 산불화재로 고사된 채 남아있어 그날의 아픔을 대변해주고 있다. 낙산사 하면 떠오르던 그 아름답던 솔밭 길을 다시 볼 수 없다는 생각에 마음이 참참해진다. 해수관음상이 모셔진 정상에서 부서진 마음을 달래본다. 끝없이 펼쳐진 바다와 남쪽으로 낙산해수욕장과 쏠비치해변 경관이 아름답고 북쪽으로 대포항이 그림으로 다가온다.

보석 없이도 빛나는 자연

어제 너무 무리한 탓에 코피가 터지고 입술에 물집이 잡혀 이게 무슨 짓인가? 싶기도 하다. 어둠이 걷히기 시작하면서 사람들의 움직임이 많다. 일출을 보기위해 낙산항과 해수욕장으로 이동하는 모습이다. 서울에 사는 처남이 오늘 마지막 코스를 동행 하겠다고 8시까지 속초터미널에 도착하겠다고 알려온 터라 동이 트기 전에 출발해야 만날 수 있기에 발길을 재촉한다.

일출을 보며 걷다

자연은 값나가는 보석이 없이도 제 스스로 빛이 난다. 일출을 보면서 걸어보기도 처음이다. 물치항에도 일출을 구경한 관광객들이 삼삼오오 해변을 걸으며 산책을 즐긴다. 대포항은 도시계획에 따라 새롭게 정비하여 깨끗하고 다른 항구와는 비교할 수 없을 정도

속초 동명항의 영금정 일출

로 깔끔하다. 동그란 항구를 따라 원형으로 빙빙 둘러 횟집이고 주
차장을 좌우 외곽에 충분히 확보하여 항구 내부 도로변에는 주차
를 할 수 없도록 설계한 것이 특징이다. 곰치국 맛이 궁금하지만 다
음 기회로 미루고 약속이 있어서 속초로 향한다.

　청초호에서 바라본 설악산과 백두대간 능선이 한눈에 들어온다.
엑스포타워가 가장 눈에 띄고 유원지 주변으로 운동하는 사람들
과 산책 나온 사람들이 의외로 많다. 서울에서 응원차 달려온 큰처
남과 동행 하는 것만으로도 발걸음이 가벼워진다. 영랑호 호수 위
로 비춰지는 설악산과 울산바위가 한 폭의 그림이다. 풍경만큼이

나 아리따운 금발의 외국인 미녀 둘이 동영상을 촬영하며 우리말로 신나게 떠들어 댄다.

처남과 관동팔경을 걷다

처남과 이런저런 얘기를 나누다 보니 관동팔경의 하나인 청간정 淸澗亭에 도착했다. 이승만 초대 대통령의 친필편액이 내부에 걸려 있고 설악산 울산바위가 지척에서 내려다보고 있다. 남쪽으로 속초 등대까지 보이는 아름다운 경관이다. 새벽길을 달려온 처남이 고맙기도 하지만 아름다운 경치를 함께 즐길 수 있어서 더 좋은 것 같다.

고성군 토성면 교암해변 절벽에 자리한 고성 8경 천학정天鶴亭에서 쉬어간다. 남쪽으로 청간정과 백도를 마주하고 북쪽으로 능파대가 가까이 있어 아름다움을 더하고 푸른 바다를 바라보고 있노라면 마음까지도 정화되는 느낌이다. 특히 이곳의 일출은 계절에 따라 가히 선경仙境이라고 한다.

문암2리 능파대凌波臺를 보고 가기 위해 마을로 들어서는데 스킨스쿠버들이 많이 눈에 띈다. 파도가 암석에 부딪치는 아름다운 광경을 보고 붙여진 이름인데 원래는 섬이었으나 지금은 육지와 연결되어 있다. 항구를 만들면서 많이 훼손되어 본래 모습을 잃어가고 있고 무질서한 건물들이 눈에 거슬린다.

백도해변에 유럽풍의 예쁜 펜션이 온통 꽃 화분으로 단장하고 길손들의 발걸음을 멈추게 한다. 벤쿠버콘도텔 편의점 사장님의

청간정. 이승만 초대 대통령의 친필편액이 내부에 걸려있다.

배려가 고맙다. 시원한 냉수도 보충해주고 커피값도 해파랑길 매점이라며 천원을 할인해준다. 설악연수원 앞 푸른 바다 위에 자작나무처럼 하얀 피부를 드러낸 두 개의 섬 자작도가 특이하게 느껴진다. 야구장과 축구장을 갖춘 송지호오토캠핑장에는 빈자리가 없을 정도로 많은 텐트가 가득 차있다.

　새롭게 단장한 공현진항은 들어서면서부터 느낌이 다르다. 배 모양으로 디자인한 회 센터와 공중화장실이 가장 먼저 눈에 띈다. 점심도 해결할 겸 쉬어가려는데 광주에서 출발한 아내와 큰딸 내외와 손주 녀석들이 들이닥친다. 응원 차 올 줄은 알고 있었지만 생

청간정에서 본 천진과 죽도

각보다 빨리 도착해서 점심을 함께할 수 있었다. 반가운 마음은 저
녁에 나누기로 하고 남은 일정을 마무리하기 위해 처남과 함께 발
길을 옮긴다.

국토대장정의 그랜드슬램

마지막 목적지인 고성군 간성터미널에 도착했다. 전방답게 군
인들이 많이 눈에 띈다. 가족들과 연락을 해봤더니 통일전망대 구
경 중이란다. 해남 땅끝에서 출발하여 통일전망대까지 완주 한때
가 엊그제 같은데 국도 1호선 종주에 이어 동해안을 일주하는 국도

엑스포타워에서 내려다본 청초호 유원지

7호선 종주를 마무리함으로써 목표했던 국토대장정의 그랜드슬램을 달성했다.

　감회가 남다를 줄 알았는데 그동안 혼자서 외롭게 걸어서일까? 백두대간을 완주했을 때처럼 울컥한 마음은 들지 않고 긴장이 풀려서인지 그동안 쌓인 피로가 한꺼번에 밀려오는 것 같다. 가족들이 돌아오는 시간에 피로도 풀 겸해서 인근 목욕탕을 찾았는데 국토대장정의 마지막 목욕은 대한민국에서 가장 작은 목욕탕에서 마무리한 것 같다. 샤워 꼭지는 달랑 2개 온탕과 냉탕은 각각 1평 남짓이고 수건은 할머니께서 각자 1개씩 손에 쥐여주신다. 오래도록 기억에 남을 것 같다.

가족들과 언제 이곳에 또 와보겠냐 싶어서 전국 4대 사찰의 하나로 알려진 건봉사를 구경하기로 했다. 1592년 임진왜란 당시 사명대사가 승병과 의병을 일으킨 호국도량으로 알려져 있으며, 1878년 4월 3일 큰불로 인해 3,183칸이 전소되어 여러 차례 복원하였으나 한국전쟁 당시 완전히 폐허가 되었다가 1994년부터 복원 중에 있다. 전쟁 전에는 총 642칸과 보림암 등 124칸의 18개 부속암이 있었다고 한다.

진부령 백두대간 종주 기념비 공원으로 향한다. 2008년 백두대간을 종주하고 기념비를 세워둔 곳으로 기회가 있을 때면 군대 간 자식 면회하듯 꼭 둘러보고 가는 곳이다. 먼 훗날 내가 없더라도 관리가 되도록 위치도 알려주고 직장에서 승진경쟁 때문에 마음 한 구석을 무겁게 짓누르고 있는 번뇌와 갈등도 내려놓고 마음을 비우고 가야겠다는 생각이다. 굽이굽이 고갯길을 오르다 보니 손주 녀석이 멀미를 했는지 앙탈이지만 가족들과 함께 기념비를 마주하니 가슴이 뭉클해진다.

완주를 축하해주기 위해 일산에 사는 친구 내외가 속초에서 기다린다는 연락을 받고 마음이 조급해진다. 국도 1호선 종주 때에도 마지막 구간인 임진각에서 행보를 함께해준 고마운 친구다. 먼 길 마다하지 않고 달려온 큰딸 내외와 손주들, 아내와 바쁜 시간 쪼개가며 마지막 일정을 함께해준 황욱 처남, 부산에서 아르바이트까지 접고 아빠 얼굴 한번 보겠다고 달려온 막내딸 희선이, 그리고 만사를 젖혀두고 달려와 다시금 우정을 일깨워준 광석 친구 내외 모두에게 고맙고 감사한 마음이다.

관동팔경關東八景

관동지방, 즉 강원을 중심으로 한 동해안에 있는 8개소의 명승지를 일컫는다. 통천의 총석정(叢石亭), 고성의 삼일포(三日浦), 간성의 청간정(淸澗亭), 양양의 낙산사(洛山寺), 강릉의 경포대(鏡浦臺), 삼척의 죽서루(竹西樓), 울진의 망양정(望洋亭), 평해의 월송정(越松亭)을 들어 관동팔경이라 이르나, 월송정 대신 흡곡의 시중대(侍中臺)를 넣기도 한다.

1. 통천 총석정叢石亭

강원 통천군 고저읍 동해안에는 기둥 모양의 기암절벽 지대가 남북으로 이어지고 있다. 동해안 800리에 걸쳐 아름다운 경관이 늘어서 있는 가운데 총석정의 절경이 가장 뛰어나 관동팔경 중 첫 번째로 소개되고 있다. 바닷가에 있는 누정. 이곳의 절벽과 바위가 신기하고 아름다워 통천금강이라고도 하였다.

2. 고성 삼일포三日浦

강원 고성군 고성읍 온정리. 금강산 동쪽 외금강 입구에 있는 이 자연호수는 삼일호, 삼지라고도 불리는데 호수 주위의 36개의 봉우리가 수면에 비쳐 아름다움을 더해준다. 이 호수가 있던 자리는 옛날 포구였는데 바다가 융기하면서 호수가 되었다. 이 호수는 호반의 소나무, 대나무, 흰 바위들과 조화를 이룬다. 신라 화랑들이 이곳에 사흘간 머물고 갔다고 하여 삼일포로 불려지고 있다.

3. 간성 청간정淸澗亭

강원도 고성군 토성면 청간리에 있는 조선 시대의 정자. 강원도 유형문화재 제32호. 속초에서 북쪽으로 약 7km쯤 떨어진 청간정은 설악산 골짜기에서 흘러내리는 청간천과 동해바다가 인접된 절벽 위에 자리 잡고 있고, 이곳은 그 옛날 시인 묵객들이 찾아와 풍류를 즐기던 누각이다.

4. 양양 낙산사洛山寺 의상대

강원 양양군 강현면 전진리 바닷가에 있는 정자. 강원도유형문화재 제48호이다. 양양군 북쪽 해안에 위치한 낙산사는 오봉산을 배경으로 하여 신라 고승 의상대사가 관음보살의 계시를 받고 지은 절이다. 여러 차례 전란으로 소실되었다가 1953년 인근 군부대의 도움으로 다시 지었다. 이곳을 중심으로 주위 경관이 빼어나고 동쪽 멀리 떠오르는 아침해, 저녁달은 찾는 이들의 마음을 사로잡을 정도로 운치가 있다.

5. 강릉 경포대鏡浦臺

강원도 강릉시 저동에 있는 누각. 정면 5칸, 측면 5칸의 팔작지붕 건물. 강원도 유형문화재 제6호. 1326년(충숙왕 13) 강원도 안렴사(按廉使) 박 숙에 의하여 신라 사선이 놀던 방해정 뒷산 인월사 터에 창건되었으며, 그 뒤 1508년 강릉부사 한 급이 지금의 자리에 옮겨지었다고 전해진다. 강릉에서 북동쪽으로 6km 가면 해안 모래와 만나는 곳에 민물과 바닷물이 섞이는 경포호가 있고 이 호반 서쪽 언덕 위에 유명한 경포대가 있다.

6. 삼척 죽서루竹西樓

강원도 삼척군 삼척읍 성내리에 위치한다. 보물 제213호. 죽서루의 창건자와 연대는 미상이나 고려 원종 7년(1266년) 이승휴가 안집사 진자사와 같이 서루에 올라 시를 남겨두었다는 것을 보아 1266년 이전에 창건되었다는 것을 알 수 있다(동안거사집 기록). 건물의 이름을 죽서루라고 부르는 배경은 대나무밭 서쪽에 있다고 해서 이렇게 부른다고 한다

7. 울진 망양정望洋亭

경북 울진군 근남면 산포리에 있는 정자. 관동팔경의 하나. 울진군 근남면 산포리에 있는 망양해수욕장 근처 언덕에 자리 잡고 있다. 조선조 숙종이 관동팔경의 그림을 보고 이곳이 가장 낫다고 하여 친히 '관동제일루(關東第一樓)'라는 글씨를 써보내 정자에 걸도록 했다. 고려 시대에는 정자가 이곳 북쪽 망양리 현종산에 있었으나 1858년 현재의 자리로 옮기고 1958년 고쳐 지었다.

8. 평해 월송정越松亭

경상북도 울진군 평해읍. 월송정은 고려 시대에 창건되었고, 조선 중기 때 관 찰사 박원종이 중건하였으나, 낡고 무너져서 유적만 남았던 곳을 1933년 향인 황만영 등이 다시 중건하였다. 그 후 일제 말기 월송 주둔 해군이 적기 내습의 목표가 된다 하여 철거하였다. 1964년 4월 재일교포로 구성된 금강회가 철근콘크리트 정자를 신축하였으나 옛 모습을 살필 길 없어 1979년에 헐어 버리고, 1980년에 고려 시대의 양식을 본떠서 지금의 건물을 세웠다.

국도7호선 종단 구간별 현황

회차	일정	구간	거리 (km)	소요 시간	날씨	비고
1	2014. 8.27	부산(종합터미널) 울산(시외버스터미널)	41.4	10:20	흐림	06:10 부산출발 16:30 울산도착
	8.28	경주(불국사시외버스정류장)	30.1	8:10	맑음	07:00 울산출발 15:10 경주도착
	8.30	포항(시외버스터미널)	33.4	9:00	맑음	07:00 경주출발 16:00 포항도착
2	11.14	영덕(강구항)	46.6	12:30	맑음	05:30 포항출발 18:00 영덕도착
	11.15	영해(대진항)	28.0	7:30	맑음	06:00 영덕출발 13:30 영해도착
3	2015. 4.18	울진(오산항)	45.8	11:40	맑음	07:00 영해출발 18:40 울진도착
	4.19	울진(북면사무소)	32.2	8:30	맑음	06:30 울진(오산항)출발 15:00 울진(북면)도착
4	5.2	삼척(근덕면사무소)	41.7	10:40	맑음	06:20 울진(북면)출발 17:00 삼척도착
	5.3	강릉(옥계면사무소)	42.2	11:10	흐림	06:00 삼척출발 17:10 강릉도착
	5.4	강릉(사천진항)	42.8	11:30	맑음	06:00강릉(옥계면)출발 17:30강릉(사천진항)도착

회차	일정	구간	거리 (km)	소요 시간	날씨	비고
5	5.23	양양(시외버스터미널)	39.7	11:00	맑음	06:30 강릉출발 17:30 양양도착
	5.24	고성(간성터미널)	42.3	11:10	맑음	05:00 양양출발 16:10 고성도착
계		5회차 12구간	424.8	-		완주

※ 참고
o 구간거리는 인터넷 다음지도에서 출발지, 경유지, 도착지를 측정한 거리임
o 소요시간은 중간에 쉬어가는 시간과 식사 시간을 포함한 출발해서 도착까지의 시간임.

고민이 생겼다. 제목을 뭐라고 써야 하나?

국토종단, 국토종주, 국토대장정. 이런 말들이 헷갈린다.

결국은 네이버 친구에게 물었다.

종단縱斷은 남북의 방향으로 건너가거나 건너오는 것을 말하고, 종주縱走는 능선을 따라 산길을 걸어 많은 산봉우리를 넘어가는 일이라고 한다. 그리고 대장정大長程은 멀고도 먼 길. 또는 그런 노정을 일컫는다.

그래서 대학생들이 단체로 국토종단 할 때 '국토대장정'이라고 하는가 보다. 긴 여정을 감안하면 '국토대장정'도 '국토종단'도 모두 어울리는 제목이다. 중요한 것은 주말을 이용해서 국토종단 도보 여행이 가능하다는 것이다.

누구나 국토종단 여행을 할 수 있다.

그러나 '국토종단' 하면 '국토대장정'에 나서는 대학생들을 떠올린다. 그들처럼 몇 날 며칠을 계속 걸어야 하는 것으로 인식하고 있기 때문이다. 감히 엄두를 내지 못하는 것이다. 그것은 불가능해서가 아니라 불가능할 것 같아서 쉽게 포기한다.

국토종단을 계획을 했을 때도 쉽지 않은 일이라고 했다. 하지만 포기하지 않았기에 소중하고 값진 경험을 살 수 있었다.

'시작이 반이다'라는 말을 책머리 제목으로 썼다. 내가 믿고 성공할 수 있었던 가장 중요한 키워드이기 때문이다.

정상을 바라보는 자만이 정상에 오를 수 있듯이 국토종단을 꿈꾸는 자는 꿈이 현실로 다가온다. 조금은 서툴지만, 스스로 계획을 세우는 것도, 준비해서 여행을 떠나는 것도, 여행지에서 먹고 자는 것도 모두 여행의 일부이다.

이 책을 통해서 국토종단을 꿈꾸는 분들에게는 작은 이정표가 되었으면 좋겠다.

주말에 떠나는 국토종단 여행

초판 1쇄 발행 2016년 04월 15일
초판 2쇄 발행 2016년 06월 30일

글쓴이 한상훈

펴낸이 김왕기
편집부 원선화, 김한솔   **마케팅**   임성구
디자인 푸른영토 디자인실

펴낸곳 **푸른영토**
　　　　 주소   경기도 고양시 일산동구 장항동 865 코오롱레이크폴리스1차 A동 908호
　　　　 전화   (대표)031-925-2327, 070-7477-0386~9 · 팩스 | 031-925-2328
　　　　 등록번호 제2005-24호.(2005년 4월 15일)
　　　　 홈페이지 www.blueterritory.com
　　　　 전자우편 designkwk@me.com

ISBN 978-89-97348-51-0   03810
ⓒ한상훈, 2016